やんちゃな
天使の大冒険
Illustration :
Haru Suzukura

セシル文庫

# 金獅子王と運命の花嫁 2

## ～やんちゃな天使、お兄ちゃんになる～

宮本れん

イラストレーション／鈴倉　温

◆目次

この作品はフィクションです。
実在の人物・団体・事件などに
一切関係ありません。

# 金獅子王と運命の花嫁 2

## ～やんちゃな天使、お兄ちゃんになる～

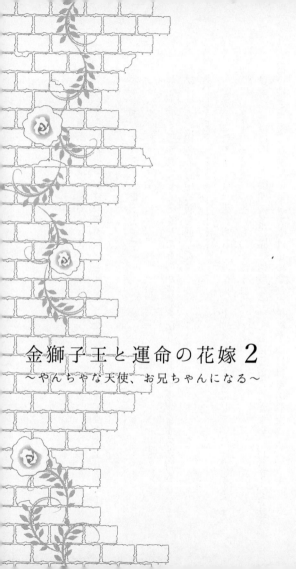

「――あぁっ、…ぁ、もう……だめ、っ……」

こらえきれない嬌声《きょうせい》が甘い密事の熱を煽る。ふたりは今、まさに高みへ上り詰めようとしていた。

「オル、デリクス…、さま……っ」

「しっかり掴まっていろ」

耳元で低く囁かれてぞくぞくしたものが背筋を伝う。もはや返事をする余裕もないまま紬《つむぎ》は汗ばんだ褐色の背中に腕を回した。

「あ、あ、あ…、……ぁ――……」

一際深いところまで突き入れられ、波に押し上げられるようにして紬は吐精《とせい》を果たす。同時に、身体の一番奥にも熱いものが注がれた。

ひとつに溶け合った瞬間の多幸感は何度味わっても薄まることがない。自身を引き抜き、覆い被さってくる愛しい重みを受け止めながら紬は余韻に目を閉じた。

「ツムギ……愛している」

「ぼくも、です……」

呼吸を整える間もなく、引き合うようにして唇を重ねる。渇いた唇はキスに濡らされ、すぐにしっくりと互いに馴染《なじ》んだ。

汗で張りついた前髪をかき上げてくれている間にも、オルデリクスの唇は頬へ、顎へと滑り降りていく。敏感な項《うなじ》をやさしく吸われ、やんわりと歯を立てられて、脱力しきったはずの身体が快感を拾ってピクンと跳ねた。

「……もう。だめですよ、オルデリクス様」

そんなことをしたら、さっきまでの熱がぶり返してしまう。

獅子《しし》の鬣《たてがみ》を思わせる長い髪を梳《す》きながらやんわりと窘《たしな》めたものの、聞き入れるつもりはないらしい。それどころか、その気にさせてやるとばかりに皮膚《ひふ》を強く吸い上げられて、紬は慌てて伴侶《はんりょ》を押し返した。

「だめ、ですってば。そんな、…ぁっ……」

「かわいい声だ。もっと聞いていたい」

「そんな、こと…、言って……、毎晩じゃないですか。ぼくの身が持ちませんっ」

必死の訴えにもかかわらず、オルデリクスは涼しい顔をしている。

「言ったろう、夜毎《よごと》精を注いでやると。だいたいおまえは目で誘う。我慢する方の身にもなれ」

「この状況のどこが我慢してるって言うんです」

「俺の忍耐力をなんだと思っている」

「忍耐力なんてあったんですか」

「なんだと」

言いたい放題の途中でおかしくなってきて、とうとうふたり揃って噴き出した。

オルデリクスは身体を起こし、青いベルベットを垂らした天蓋《てんがい》の柱に凭《もた》れかかる。その膝に乗り上げ、甘えるように頭を預けると、彼は微笑みながら紬の髪を梳いてくれた。

「王の膝を枕にするとは大したものだ」

「王妃だけの特権ですよ。それに、誰かさんのおかげでもうヘトヘトなんです」

なにせ、獣人である彼とは体力が違いすぎる。あちらは文字通り絶倫《ぜつりん》なのだ。

上目遣いに睨むようにすると、オルデリクスはそれすら快いと言わんばかりに琥珀色の目を細めた。

「おまえがあまりに愛《いと》しいのだ。四六時中この腕に抱いていたい」

「もう。そんな格好いい顔で言われたら、言い返せなくなっちゃうじゃないですか」

「ほう。それはいいことを聞いた」

確信犯がニヤリと口角を持ち上げる。

抗議のつもりで唇を尖らせてみせたものの長くは続かず、紬もすぐに笑ってしまった。

労《いたわ》るように、慈しむように、大きな手がくり返し頭を撫でる。なにものにも代えがたい深い安堵に包まれながら、紬はしみじみとしあわせを噛み締めた。

「……なんだか、あらためて考えると不思議ですね。今こうしているなんて」

「どうした。急に」

「だって、出会ってからいろんなことがあったでしょう。最初のうちはオルデリクス様に怒られたり、冷たくされてばかりでしたし……」

「そう言うな。おまえも負けずに言い返してきただろう」

「ふふふ。懐かしいですよね。ほんの一年前、オルデリクス様に出会って、ぼくの人生は変わったんです」

「それを言うなら俺も同じだ」

頭を撫でてくれていた手が頬に伸びてくる。それを両手で掴まえ、頬擦りすると、紬は懐かしい過去へと思いを馳せた――。

あれはまだ、駆け出しの料理研究家として忙しい日々を送っていた頃だ。

八歳の時に両親を亡くし、自分を引き取ってくれた祖母も亡くし、天涯孤独の寂しさを料理で紛《まぎ》らわせていたある日、目が覚めたらこのローゼンリヒトに召喚《しょうかん》されていた。

中世ドイツを思わせる堅固な城といい、獣《けもの》に姿を変える人々といい、驚きの連続の中、闖入者《ちんにゅうしゃ》として取り囲まれた紬を助けてくれたのが『偏食《へんしょく》王子』の異名を持つ二歳の王太子アスランだった。

そんな彼に、たまたま作った賄《まかな》い料理を気に入られたのはラッキーというしかない。それがきっかけで王子専属の食事係に任命され、紆余曲折ありながらも応えるうちに、少しずつ城の中で居場所を作ることができたのだから。

とはいえ、はじめからなにもかもうまくいったわけではない。

最初のうちは権威的なもの言いをする獅子王オルデリクスと衝突してばかりだったし、息子であるアスランを顧《かえり》みようとしない彼に対して「どうしてわかってくれないの」と、もどかしく思うことも多々あった。

けれど、オルデリクスが抱える心の傷を知り、その深い孤独に触れるうち、彼をもっと理解したいと思うようになった。国のために己を滅する直向《ひたむ》きさに強く心を揺さぶられ、気づいた時には惹かれていた。

だがそれは同時に、失恋の瞬間でもあった。

彼は国を背負って立つ獅子王だ。ある日突然迷いこんできた、ただの人間である自分が求めていい相手ではない。彼のために身を引く決心をした時の辛さは今も覚えている。

それでも、運命の導きが自分たちを結びつけてくれた。オルデリクスと愛し合うことを許してくれた。

だから紬は、この薔薇の国ローゼンリヒトで生涯を全《まっと》うすると決心し、もとの世界とのつながりを断った。すべてはオルデリクスがいたからだ。彼と苦楽のすべてをともにしたかった。

そして今、ここにいる。これからは王と王妃として一生一緒にいられるのだ。

「――運命って、あるんですね」

自分たちを導いてくれた人智《じんち》を超えた力には感謝してもしきれない。

そう言うと、オルデリクスもしみじみと「そうだな」と頷いた。

「紬を伴侶に得たことは生涯最高のしあわせだ。俺に愛するよろこびを教えてくれた」

「ぼくの方こそ。それに、オルデリクス様は愛されるよろこびも教えてくださいました」

おかげで、人間でありながら獅子の耳や尻尾が出る身体に変わりつつある。

「こうして睦《むつ》み合っているうちに、おまえの獣化も本格的に進むだろう」

「早くオルデリクス様のように立派な獅子になって、ぼくも一緒に駆け回りたいです」

「獣化すれば子も産めるようになるかもしれない。おまえのここに新しい命が宿るのだ。それは素晴らしいことだろうな」

そっと下腹に手を置かれる。

「俺とおまえの子だ。その時は、産んでくれるか？」

「もちろんです。新しい命を授かることができるのなら、よろこんで」

「そうか。それならなおさら励《はげ》まなくては」

「え？」

あっという間に体勢を入れ替えたオルデリクスが上から覆い被さってきた。うまいこと誘導されたと気がついても後の祭りだ。

「も、もう無理ですっ」

「無理なものか。おまえへの想いに際限などないことをたっぷりと教えてやる」

「いえ、それはもう充分、わかってます……、んっ……」

最後まで言い終わらないうちに強引に唇を塞がれる。同時に紬自身にも手を伸ばされ、巧みな力加減でゆっくりと扱き上げられた。

何度も極め、もう精も根も尽き果てたと思っていたのに、愛されはじめると拒めない。それどころか早く彼のものになりたくてたまらなくなってしまう。

「いい顔をする」

オルデリクスが雄の顔で笑った。

両足を広げられ、熱くぬかるんだそこに再び楔《くさび》が突き入れられる。ふたりが離れていたことなど思い出せないほど身体はしっくり馴染み、淫《みだ》らにうねった。

「オルデリクス、さま、ぁ……」

「ツムギ。愛している……」

すぐさまはじまった抽挿にふり落とされないよう逞しい肩に縋りつく。

こうしてまた、終わらない夜がはじまるのだった。

「うわー。これはまた、一段と派手に……」

朝の身支度を手伝いながら、リートが感心したように呟く。

「首の後ろから背中にかけて、一面お花畑みたいになってます」

「え？」

どういう意味だろうと鏡をふり返った紬は、そこではじめて大量のキスマークが残っていることに気がついた。項といい、肩といい、まるで薔薇の花びらを散らしたようだ。

「ごご、ごめんね」

いくら世話係とはいえ、朝からこんなものを目にするとは思わなかっただろう。

顔を真っ赤にして謝る紬とは対照的に、リートは「いえいえ」と和《なご》やかなものだ。

「それだけ、陛下がツムギ様を愛していらっしゃるということですから。大事にしていただいて、ほんとうに良かったですねぇ」

リートはにこにこと顔を綻ばせる。厭味《いやみ》でもなんでもなく、心からそう思ってくれているのがわかるだけになんだか余計に恥ずかしい。

紬がこの国にやってきて以来、なにくれとなく面倒を見てくれた彼は今や大切な友人のひとりだ。真っ赤な目をした白兎《しろうさぎ》の獣人で、ふわふわとしたかわいらしい外見とは裏腹に肝《きも》が据わっていて頼もしい。敵国との戦いの際も、謀反人から紬を命懸けで守ろうとしてくれた。

「リートがいてくれるから、ぼくは毎日安心して暮らしていられるんだよね」

「ふふ。どうしたんですか、急に」

正面で結んだ黒いリボンを整えながらリートが笑う。

着たばかりの絹のブラウスの袖を捲りながら、紬は「よし」と気合いを入れた。

「それじゃ、行ってくるね」

「はい。お気をつけて行ってらっしゃいませ」

リートに見送られ、お付きのものを連れて紬は調理棟へ向かう。

これからアスランの朝食作りだ。

この国の王妃となってからも、紬自ら願い出て専属料理人の仕事を続けさせてもらっている。歴代の王妃の中で子の食事を作ったものはいなかったそうだが、家族で食卓を囲むことが紬の長年の夢だったと理解してくれているオルデリクスによって、こうして特例を設けてもらうことができた。

いつものとおり調理場で料理人たちと挨拶を交わし、さっそく仕事に取りかかる。

今朝の前菜は、サワーチェリーを使った甘酸っぱくて冷たいチェリースープだ。日本のさくらんぼと違って酸味が強いので、シロップ漬けを使って甘く仕上げる。

まずは、小鍋にシロップと水を入れて火にかけた。アスランはスパイスの類《たぐ》いがあまり得意ではないので香りづけのシナモンはほんの少しだけ。次に、ボウルに砂糖と小麦粉、ホイップとサワークリームを入れ、水も加えてよく混ぜる。ふたつを合わせて五分ほど煮たら鍋ごと冷やし、最後にサワーチェリーの実を落とせば完成だ。

「うん。おいしい」

味を見た紬はスプーンを咥《くわ》えたまま頬をゆるめる。定番の林檎《りんご》のスープとはまた違う、きゅんとした甘酸っぱさが癖になる。なにより淡いピンク色がとてもきれいだ。

――アスラン、よろこんでくれるかな。

かわいい笑顔を思い浮かべながら、器に注いだスープにミントの葉を飾った。

今朝は紬の作ったスープの他に、それぞれの料理人によって豆とじゃがいもの煮込み、チーズ、それに焼き立ての黒パンが用意されている。

特に胚芽《はいが》をたっぷりと使った黒パンは、主食であると同時に野菜が不足しがちな季節に食物繊維やビタミンを補ってくれるありがたい存在だ。ほのかに酸味があっておいしいし、プチプチとした歯応えもまた楽しい。

想像しただけでぐうぅと鳴り出しそうな腹を押さえつつ、皿をワゴンに乗せると、紬は給仕係とともに王族用の食堂へと向かった。

これが毎朝の恒例行事だ。

かつては子供部屋にワゴンを運んだこともあったが、食事のマナーを身につけることも大切な心得のひとつだからと、今は大人と同じテーブルに着くことにさせている。

一行が食堂に到着するや、元気な声が紬を迎えてくれた。

「かあさま、おはよう!」

「おはよう。アスラン」

満面の笑みで駆け寄ってきたアスランをその場にしゃがんで抱き留める。昔は抱っこもしてあげられたのだけれど、最近はぐんぐん背も伸びて、だいぶ重たくなってきた。

獅子の獣人らしい褐色の肌や琥珀色の目は父オルデリクスにそっくりだ。

実際には彼の亡き兄フレデリクスの実子であり、その証拠にアスランの髪には金髪に黒いメッシュが混じっている。フレデリクスの妻は美しい黒髪の持ち主だったそうだから、それを受け継いだのだろう。それが今や、オルデリクスと紬がアスランの両親として彼を育てているのだから運命というのはほんとうに不思議なものだ。

紬の胸にグリグリと頭を押しつけて甘えるアスランの後頭部を撫でながら、紬は感慨深さに頬をゆるめた。

出会った頃は紬の名前を「ツムギ」と発音することができず、「チュムミ」「チムミ」と紆余曲折した末に「チー」と呼ぶことに落ち着いたアスランだったが、そんな彼も三歳になった。話し方も少しずつ大人に近づくよう教育係たちから躾《しつ》けられている。紬のことを「かあさま」と呼ぶよう教えられたのも彼が三歳になってからのことだ。はじめは照れていたアスランも、今では紬を母と呼ぶことにすっかり慣れた。

そんな我が子の成長がうれしくもあり、ほんの少しだけ寂しくもあり。

紬はそっと腕をゆるめ、アスランの顔を覗きこむ。

「昨日はよく眠れた？　今朝はお寝坊しなかったかな？」

「ちゃんとおきたよ！」

聞けば、朝食が待ちきれなくて走り回っていたそうだ。えっへんと胸を張る彼の後ろで乳母のミレーネが肩で息をしている。追いかけっこで一騒動あったに違いない。

彼女に目で「お疲れさま」を伝えると、紬はアスランの手をつないで立ち上がった。

「さて。それじゃ、朝ごはん食べようか」

「ごはんごはん。かあさまもね」

給仕係によって皿が並べられたテーブルを一目見るなり、アスランはサワーチェリーのスープを指さして「あっ」と声を上げる。

「かわいい。ピンクのがある！」

「ふふふ。これなーんだ？　アスランは気に入ってくれるかな？」

「たべよ！　はやく！」

勇んで席についたアスランとともに食前の祈りを捧げると、揃って食事をはじめた。

ほんとうはこの場にオルデリクスもいてほしいのだけれど、早朝から政務に就いている彼と食事をともにできるのは夕食のみだ。それでも、これまでほとんど家族らしいことをしたことがなかったオルデリクスとアスランの関係を思えば大進歩だろう。

「かあさま。おいしいねぇ」

「そう言ってもらえて良かった。いっぱい食べてね」

自分が作ったものを夢中で頬張っている姿を見るとほんとうにほっとする。いつまでもこうしていたいくらいだ。だから、ついつい見守ることに熱中してしまって、気づいたら紬の皿だけが手つかずのままになっていた。

「かあさまも、ちゃんとたべな？」

小さな指に皿を指され、紬は「うん」と苦笑する。

「アスランを見倣っていっぱい食べないとね。アスランは、父様みたいになるんだよね」

「なる！　かっこいいから！」

「ふふふ。楽しみだなぁ。早く見たいなぁ」

「とくべつに、かあさまには、はやくみせてあげてもいいよ！」

「えっ。ほんと？」

アスランの後ろに控えていた教育係のジルがすかさず噴き出す。

「かあさま、とうさまのこと、だいすきだもんね」

「うん。大好き。アスランも大好き」

「えぇー？　ほんとにー？　こまっちゃうなー」

途端にもじもじと身体を揺すりはじめたアスランに、今度はしっかり者のミレーネまで小さく肩をふるわせた。

そんな楽しい食事が終わる頃、食堂にひとりの男性がやってきた。

「よう」

「ギルニスさん。おはようございます」

入ってきたのはオルデリクスの幼馴染みであり、その右腕として公私ともに王を支えるギルニスだ。戦闘力に長けた黒豹の獣人で、その獣属性が表すとおり褐色の肌に黒い瞳、そして癖がかった黒髪と、常に黒づくめの出で立ちをしている。

「そろそろいいか」

「あ、はい。……それじゃ、アスラン。母様はお仕事に行くからね」

「ん」

寂しそうな顔を見せまいと、アスランは俯いたままこくんと頷く。そんな彼をぎゅっと抱き締め、やわらかな髪にくちづけた。

いつまでもしあわせな時間を堪能していたい気持ちは山々だけれど、王妃としての使命も果たさなければならない。あの宣言式の日、オルデリクスは民に誓った。「我らは国のものであり、国はそなたらのものである」と。

ただ守られるだけの存在にはなりたくない。王の伴侶として、ともにローゼンリヒトを守り導く王妃でありたい。

だから紬は、いざという時に備えて少しずつ政務に参加させてもらっている。またいつ何時、敵国ゲルヘムが攻めてくるかわからないからだ。

ギルニスとともに食堂を出た紬は、すぐさま仕事モードに頭を切り替えた。

ゲルヘムというのは、長年ローゼンリヒトと敵対関係にある龍人《りゅうじん》の国だ。争いを好む新興勢力で、その対応には先代、先々代の王も手を焼かされていたと聞く。対ゲルヘムの三国同盟が締結《ていけつ》されているとはいえ、どんな手を使ってくるかわからない彼らに対しては常に緊張感を持っていなければいけない。そのためにも、自国の状況を正確に把握すべく謁見《えっけん》に同席させてもらっていた。

並んで廊下を歩きながら、ギルニスから朝の執務内容を聞く。

官僚会議の要点や陸海軍からの報告事項など、いくつかのトピックスを話し終えた彼はやや声を潜めながら「ついでに話しておくが」と続けた。

「こいつはまだ確かな情報じゃないが……ゲルヘムで、内紛が起こるかもしれない」

「内紛？」

どうもおだやかな話ではない。驚いて見上げると、ギルニスは小さく嘆息した。

「侵略でできた国だからな。もともとその土地に暮らしてたやつらにとっちゃたまらないだろう。そうでなくともあそこは独裁国家だ。王の機嫌ひとつでいとも簡単に人が死ぬ」

「龍人は気性が荒いと聞いたことがありますが……」

「あの国で権力を握ってるごく一部の連中と、軍の関係者を除けばほとんどが一般人だ。そして、そいつらは悉く被征服者でもある。今にゲルへム王の暴挙に耐えかねて暴動でも起こすんじゃないかって噂だ」

それを聞いてはっとする。

「確か、前にも革命が……」

国民が王室に反旗を翻し、その混乱に乗じてローゼンリヒトにまで過激派が傾《なだ》れこんできたのだ。保守派の筆頭だったダスティンが裏で糸を引き、ゲルへム王と結託してオルデリクスの失脚を企《くわだ》てた一件でもあった。

「そういうこった。今はアドレア軍が駐留してるし、そう滅多なことは起こらないとは思うがな。一応耳に入れておく」

「わかりました。ありがとうございます」

「視察で街に出る時も気をつけろよ。もちろん俺たちも護衛にはつくが……」

オルデリクスと違って自分は人間だ。守られるばかりでは足手まといになってしまう。

「じゃあぼく、護身術を習います。自分の身は自分で守れるように」

だがそう言った途端、ギルニスが顔を顰めた。

「いい心がけだと言ってやりたいところだが……おまえの稽古《けいこ》の相手なんてしたら、別の意味でオルデリクスに恨まれそうだ。あいつの嫉妬深さはおまえが一番知ってるだろう」

「た、確かに……」

納得してしまうのもいいのか、悪いのか。

顔を見合わせ苦笑したギルニスは、ひょいと肩を竦めてみせた。

「まぁ、今すぐどうこうってわけじゃない。ただの杞憂《きゆう》に終わる可能性だってある」

「そうですね。心構えはしておくということで……。それじゃ、行きましょうか」

「あぁ。オルデリクスがお待ちかねだ」

憮然と頬杖をついている姿が目に浮かぶ。

ふたりは心持ち急ぎ足で謁見の間へと向かうのだった。


その日の夜。

いつものようにオルデリクスの帰りを待ちながら、紬は時間の経過とともに大きくなる違和感に眉を潜めた。

どうも体調がおかしいのだ。身体の奥がなんだかザワザワする。

「どうしたんだろう。風邪ではないと思うけど……」

寒気はないし、熱もない。たとえて言うなら身体の内側、細胞のひとつひとつが沸々と沸き立っているようだ。身体が火照ってしかたなかった。

「うーん。困ったな」

無意識のうちに胸の辺りを握り締め、それが不安な時の癖だと気づいて紬は小さくため息をつく。

こんな調子ではオルデリクスにも心配をかけてしまう。そうなる前にエウロパに看てもらおうか。王室医師が「異常なし」と太鼓判を押してくれれば彼も自分も安心だから。

ならばと立ち上がりかけた、その時だった。

「……え?」

唐突に、視界がぐにゃりと歪む。

とっさに踏ん張ることもできず、紬は崩れ落ちるようにしてソファに倒れこんだ。

心臓はドクドクと早鐘を打ち、苦しいほどに息が上がる。身体中の血が逆流するんじゃないかと思うほどだ。

やがて目の前がぼんやりとし、音も一切聞こえなくなった。

――なに…、これ……?

縋る思いで肘掛けを握り締めるも、その手からもどんどん力が抜けていく。

――ぼくの、身体に…、なにが………。

薄れゆく意識の中で必死に愛しい人を思い浮かべた。王として、このローゼンリヒトを統べる勇猛な獅子。身も心も捧げた生涯の一対。

「オルデリクス様………！」

名を呼んだ瞬間、ドクン、と心臓が爆ぜた。

すると、それが合図だったかのように体の内側で蠢《うごめ》いていた熱は心臓に集まり、血液に乗って瞬く間に全身へと巡っていく。足の爪先から頭の天辺まで眩い光に包まれるような感覚に捕らわれ、紬はぎゅっと目を瞑った。

どれくらいそうしていただろう。

ようやく光が収まった気配にそろそろと瞼を開けると、最初に目に飛びこんできたのはなぜかライオンの足だった。

「……？」

右の前足をもぞりと動かし、続いて左の前足も持ち上げてみる。ふさふさと焦げ茶色の体毛に覆われているのはどう見ても獣のそれだ。目の前の事態を把握するまでにたっぷり一分は固まった。

「…………!」

——もしかして、獣化した……?

ついこの間まで耳と尻尾が出るだけだったのに。人間である自分がオルデリクスたちのように完全な獣型になるには長い年月がかかると思っていた。

——毎晩抱かれたから、とか……?

初夜以来、オルデリクスは「夜毎精を注いでやる」との発言を有言実行し続けていた。おかげで睦み合うことが眠る前の儀式のようになっている。

それがまさか、こういった形で結実するとは。

——獣化、したんだなぁ。手もこんなに大きいし……。

しげしげと前足を見つめる。表にして、裏にして、また表に返してと矯《た》めつ眇《すが》めつし、それからそっともう片方の足で毛を撫でた。

——ありゃ。こんな感じなの?

てっきりふわふわの手触りを楽しめるかと思ったのだけれど、分厚い肉球越しのせいかよくわからない。そもそも身体を支えるためのクッションである肉球に人間の指先と同じ感覚を期待するのは間違いなのだろう。

紬は気を取り直すと、今度はソファを降りてみた。

四本の足で立つなんて不思議な感じだ。目の高さもずいぶん低いし、尾てい骨の辺りに意識を向ければ尻尾をゆらゆらと揺らすこともできる。

おもしろくなって右の前足をそっと踏み出してみた紬は、続けて後ろ足、また前足と、交互に動かしながら四つ足歩行でソファの周りを一周した。そのまま部屋の中をぐるぐる歩き回ってみる。

姿見を横切った際、そこに映った自分の姿に思わず足を止めた。

——これが、ぼく……。

体長二メートルほどの獅子がそこにいる。

身体の大きさはオルデリクスより一回り小さいくらいだろうか。獅子らしい焦げ茶の鬣と体毛を纏い、同じ色の目をしている。獣化した己の姿はいつまで見てもまるで見飽きることがなかった。

——やっと、オルデリクス様と同じになれた。ローゼンリヒトの一員になれた。

じわじわとうれしさがこみ上げてくる。

その時、廊下の向こうから聞き慣れた靴音が近づいてきた。オルデリクスだろう。

護衛によって私室の扉が開けられ、いつもどおり部屋に入ってきた彼は、紬の姿を目にするなり雷に打たれたようにその場に立ち尽くした。

「ツムギ！　獣化したのか……！」

「……、……？」

いつものように返事をしたかったのに、この姿では声が出ない。

それにも構わず、オルデリクスは大股で部屋を横切ってくると、すぐ目の前に跪いた。

「おまえもとうとう獣化したのか。俺の仲間になったのだな」

――はい。よろこんでくださいますか。

「あぁ。うれしい。この上ないほどに」

オルデリクスが当たり前のように返事をよこす。

どうして思ったことがそのまま伝わるのだろうと驚いていると、「獣人同士だからな」と抱き寄せられた。

「愛している。人間のおまえも、そして獅子の獣人となったおまえも」

――ぼくも。ぼくもです、オルデリクス様。

うれしくなって、胸に何度も鼻先を擦りつける。

微笑みながら鬣を撫でてくれたオルデリクスは、しばらくすると腕を解いた。二、三歩ほど距離を取り、慣れた様子で自らも獣の姿になる。

現れたのは、体長二メートル半にもなる百獣の王だった。

金の海原のような黄金の鬣、黄金の体毛。そしてすべてを見通す琥珀色の瞳。威風堂々とした姿はまさに王と呼ぶのにふさわしい。獣化した姿を間近にするのはあの戦いの夜、凱旋《がいせん》した彼を迎えて以来のことだった。

こうして獣の姿で向き合う日がくるなんて。

胸を高鳴らせながら雄々しい姿を目に焼きつけていると、近づいてきたオルデリクスにベロリと顔を舐められた。

――わっ！

驚いたことに、ザラザラとした舌の感触が気持ちいい。うっとりと目を細めると、彼は「もっとしてやる」とくり返しグルーミングしてくれた。

――こんな感じなんだ……。

猫がお互いを舐めているのを見たことはあっても、まさか自分がそれを体験することになるとは思わなかった。

床に腹這いになり、思う存分オルデリクスに甘える。毛繕いをしてもらえるのがうれしくて、気持ちが良くて、自分でも気づかないうちにグルル……と喉が鳴った。そういえば凱旋の夜は彼の方が喉を鳴らしていたっけ。当時は不思議に思ったけれど、今ならその気持ちがよくわかる。

だから紬も、お返しのつもりでオルデリクスに顔を寄せた。してもらったことを思い出しながらそろそろと腹の辺りを舐めてみる。

――あ。結構やわらかいかも。

人の手で触れた時はやや硬く感じたけれど、獅子の舌では受け取る印象が少し違った。それなら、鬣はどうだろう。顔は、耳は、背中は、尻尾は……と、夢中になってあちこちペロペロと舐め回していると、唐突に前足で止められた。

――ツムギ。もういい。

――え？

きょとんとする紬をよそに、人の姿に戻ったオルデリクスが苦笑する。

「舐めすぎだ。そんなにやったら毛が抜ける」

理由に思わず噴き出してしまい、気持ちがゆるんだからか、紬ももとの人型に戻った。

「せっかくいいところだったのに……」

「俺を丸裸にするつもりか」

「だって、オルデリクス様が毛繕いしてくださったのがうれしくて。ぼくからもたくさんお返ししたかったんです」

そう言うと、オルデリクスはなぜか策士の笑みを浮かべた。

「ならば次は、人の姿で思う存分グルーミングしてやろう」

「へっ？」

一瞬ぽかんとなったが、すぐにその意味を察して紬はふるふると首をふる。

「い、いいえ、それは結構です」

「遠慮するな。俺に舐め回されるのがうれしかったと言ったろう」

「わっ」

ひょいと横抱きに抱き上げられ、そのまま寝室へと運ばれた。

朝早くから政務に就き、合間に武術の稽古にも励み、そして夜にもこの調子なのだから
オルデリクスの体力たるや尋常ではない。

ベッドに下ろされると同時に、のしかかってきた彼に強引に唇を塞がれた。

「今夜はおまえが獣化した記念だ。たっぷりとかわいがってやろう」

「お…、お手柔らかにお願いしますね……？」

念押しもなんのその。

「イエス」のふりをした「ノー」の笑みとともにキスの雨が降り注いだ。

「――これは、奇跡としか言いようがございませんね」

聴診器を外しながらエウロパが声を弾ませる。

いつもは物静かでおだやかな人なのに、思いがけない事態を前に昂奮を抑えきれないといったふうだ。自分を落ち着かせようと何度も白い顎髭を撫でるのを見つめながら、紬は思いがけない一言に首を傾げた。

エウロパに診察をお願いしたのは、病気かもしれないと思ったからだ。

最近、どうも体調が優れない。

はじめは獣化の影響だろうと考えていたのだけれど、それまでなんでもなかったはずの豆を煮た匂いに吐き気を覚えたり、近頃では湯気の匂いさえ苦手になりつつあったりと、なんだかおかしいと思っていたのだ。

食べものの好みも大きく変わった。大好きだった柑橘類《かんきつるい》や乳製品が食べられなくなった代わりに、それまでどちらかというと苦手だった香草がたまらなく好きになった。

自分でもよくわからない変化が立て続けに起こり、さすがに不安になった紬は、もしも病気ならば早く対処した方がいいだろうと覚悟を決めて看てもらったのだ。

その結果、告げられた第一声が「奇跡」。

どういう意味だろうときょとんとする紬に、エウロパはおだやかに微笑んだ。

「誠におめでとうございます、ツムギ様。ご懐妊《かいにん》でございます」

「え？」

「おめでたでございますよ」

――懐妊……おめでたって、いうことは……？

「……！」

驚きのあまり、言葉もないままエウロパを見つめる。

「母君になられるのですよ」

「ぼくが……ほんとうに……？」

「ええ、ええ、ほんとうですとも。ほんとうでございますとも。陛下とツムギ様の大切なお子様が、お腹にいらっしゃるのです」

断言されてもなお信じられない思いのまま、紬はそっと下腹部に手を当てた。

オルデリクスの精を注がれることで完全な獣人へと変化を遂げた。それだけでも特別なことだったのに、その上さらに、性別を超えた奇跡までこの身に起こるだなんて。

――ぼくが、お母さんになる……。

真っ先にオルデリクスの顔が浮かんだ。彼と自分の遺伝子を受け継いだ、世界にたったひとつの宝物がこの身体に宿っているのだ。

「うれしい………」

声がふるえた。身体もふるえた。どんな言葉も追いつかなかった。こみ上げるものを抑えきれず、わっと両手で顔を覆う。涙があふれて止まらなかった。

なんてしあわせなんだろう。なんて誇らしいのだろう。

エウロパが皺だらけの手で何度も背中をさすってくれる。

「ようございました、ツムギ様。ほんとうに……ほんとうに……」

彼もまた涙声だ。

兄を亡くし、自暴自棄になったオルデリクスを長年見守ってきたエウロパだ。先々代の王から仕え続けた城の生き字引のような存在でもある。そんな彼にとったら孫が生まれるようなものだろう。

「取り乱してすみません。うれしくて……」

ようやくのことで嗚咽《おえつ》が収まり、涙を拭いながら顔を上げると、エウロパもまた目元を拭って頷いてみせた。

「私も同じ思いでございますとも。うれしくて流す涙ほど尊いものはございません」

「エウロパさん……」

それを聞いてまたも涙が頬を伝う。

紬が落ち着くまでやさしく背中を撫でてくれたエウロパは、最後にそれをポンと叩いて顔を上げるように促した。

「獣化されて間もなくのご懐妊となれば不安も多うございましょう。男性であればなおのこと。ですが、ご心配は無用でございますよ。このエウロパがついておりますからね」

「ありがとうございます。エウロパさんにはいつも助けてもらってばかりです」

「光栄なことでございますとも」

エウロパが髭を揺らしながら「ほっほっほっ」と明るく笑う。

「陛下とツムギ様のお子様を診察できる日が来ると思うと、今からもう待ちきれない思いでございます。気が早いと陛下には叱られるかもしれませんが」

顔を見合わせ、くすりと笑う。

さっそく妊婦としての心構えと注意事項を教えてもらうと、紬はエウロパにつき添われ政務室へと足を向けた。どうしても自分の口からオルデリクスに伝えたかったのだ。

彼はなんと言うだろう。どんな顔をするだろうか。

胸を高鳴らせながら侍従の取り次ぎを待ち、部屋に入ると、ちょうど仕事が一段落したところだったようだ。オルデリクスは机に向かい、ギルニスはそのすぐ傍で地図のようなものを広げている。

入ってきたふたりに気づき、オルデリクスが顔を上げた。

「どうした。エウロパも一緒に」

「この国にとって、大変な名誉となるご報告に参りました」

もったいぶった返事にオルデリクスは怪訝な顔をする。ギルニスも持っていた地図から顔を上げ、何事かとこちらをふり返った。

「どういう意味だ」

「私からはもったいのうございます。……さぁ、ツムギ様」

エウロパに促され、思いきって前に進み出る。

照れくさくて、うれしくて、なにより誇らしくてたまらなかった。自分を生んでくれた母親も、父親に告げた時はこんな気持ちだったのだろうか。

見守る一同の前で、紬は大きく息を吸いこむ。

「お腹に、新しい命が」

「なに！」

その瞬間、オルデリクスが勢いよく立ち上がった。

ガタン！ という派手な音を立てて猫足の椅子が倒れる。だが彼はそんなことなど目もくれず、すぐさま紬の前に駆け寄ってきた。

「ほんとうか。ほんとうなのか！」

「はい。ここに」

そっと下腹に手を当てる。

オルデリクスはこれ以上ないほど目を見開き、それから確かめるようにゆっくりと紬の手に右手を重ねた。節くれ立った指先が微かにふるえている。

顔を上げると、琥珀色の目は歓喜に潤んでいた。

「まさか、ほんとうに……なんという奇跡だ……」

「オルデリクス様」

「ありがとう。ツムギ。……あぁ、言葉では言い尽くせない。こんなにもうれしいことがこの世にあるだろうか。おまえが、おまえが………！」

言葉にならない思いを伝えるように力いっぱい抱き締められる。

だから紬からも広い背中に腕を回し、同じだけの気持ちを返した。

「オルデリクス様がよろこんでくださって、ぼくもとてもうれしいです」

オルデリクスは腕をゆるめ、両手で頬を包みこむようにして顔を覗きこんでくる。

「おまえとともに分かち合える最高のよろこびだ。ローゼンリヒトにとっても素晴らしい栄誉に違いない」

彼の顔がやがて国王としてのそれになる。オルデリクスは大切な宝物を愛おしむように「ツムギ」とやさしい声で呼んだ。

「おまえの名には、人と人、ものとものとをつなげる意味があると言っていたな。それを今、あらためて強く感じている。この俺を、そしてこの国を、未来へとつなげてくれているのだな」

「すべてはオルデリクス様のおかげです」

心からそう思う。彼がいなければ、右も左もわからないこの異世界で自分はどうなっていたことだろう。

そう言うと、黙って話を聞いていたギルニスが懐かしそうに微笑んだ。

「おまえら、最初のうちは喧嘩ばっかりしてたのになぁ。それが今は夫々《ふうふ》だもんな」

「ギルニスさんにはご心配ばかりおかけしてしまって……」

「あぁ、主にこいつのな。仕事は進まないわ、機嫌が悪くなって俺に当たるわ」

側近の文句にオルデリクスが顔を顰める。どうやら思い当たる節《ふし》があるようだ。

そんな幼馴染みを明るく笑い飛ばすと、ギルニスはあらためてふたりの顔を交互に見た。

「なにはともあれ、良かったたな。ほんとうに良かった。おめでとう」

「ギルニスさん」

「それにしても、オルデリクスに子供が生まれるなんてなぁ。叔父にでもなる気分だ」

ギルニスが軽く肩を竦めた時だ。

遠くからバタバタという足音が近づいてきたかと思うと、リートが息を切らせて飛びこんできた。ギルニスの侍従に呼ばれたという彼は、赤い目をさらに真っ赤にしながら一直線に駆け寄ってくる。

「ツ、ツムギ様……ご懐妊って……おめでたって聞いて、ぼく……ぼく……！」

いても立ってもいられなくなって走ってきたのだそうだ。すぐ傍にギルニスがいるにもかかわらず、いつもの逃げるそぶりもない。

「おめでとうございます。ツムギ様、ほんとうにおめでとうございます」

「ありがとう、リート。そんなによろこんでくれて」

「ツムギさまぁ」

わーんと声を上げるリートを抱き寄せると、彼はひとしきり胸に顔を埋めて泣いた後で、決意を新たにするようにまっすぐに紬を見上げた。

「ぼく、これまで以上に一生懸命お仕えしますからね。なんでも言ってくださいね」

「うん。わかった。ありがとう」

リートはすんすんと鼻を啜りながら深呼吸をくり返す。

ギルニスは「しょうがないやつだな」と苦笑しながらリートの頭をポンと撫でた。

「ようやく泣きやんだか。泣き虫兎」

「わっ、ギルニスさん！」

リートが慌てて紬の後ろにぴゃっと隠れる。

一瞬ぽかんとなってから、すぐに我に返って笑ってしまった。今頃になって気づいたのだろう。オルデリクスやエウロパも苦笑している。その中で、ギルニスだけが「どういうこったよ」と後頭部を掻き毟《むし》った。

まさに平和を絵に描いたような光景だ。

そんな中、オルデリクスがあらためて侍従たちの顔を眺め回した。

「ギルニス。エウロパ。リート。おまえたちが守りの要だ。これまで以上にツムギのことをよろしく頼むぞ」

「了解」

「畏《かしこ》まりました」

「お任せください！」

三人の異口同音の返事が被る。それに満足気に頷くと、オルデリクスは最後にこちらに向き直った。

「ツムギ。おまえはもうひとりの身体ではない。おまえと、子と、そして俺の魂までその身に預かっていると思って大事にしろ」

「魂もだなんて……。でも、いつも一緒にいてくださるみたいでうれしいです」

「俺たちの心は常にひとつだ。政務もできるだけ早く切り上げて、ともにいる時間を長く取れるように心がけよう」

「言っとくが、その分キリキリ仕事してもらうからな」

ギルニスがすかさず釘を刺す。

その抜け目のなさに思わず噴き出してしまい、それを見たオルデリクスやエウロパも、リートも、最後にはギルニスまで一緒になって笑った。

新しい命がすべてを明るく照らしていく。


王妃懐妊の吉報《きっぽう》は瞬く間に城中に、そしてローゼンリヒト中に広まった。

命懸けで国を守るオルデリクスは言ってみれば護り神のような存在だ。その彼に実子が生まれるとあって、城下ではその話題で持ちきりだという。誰もがよろこびの声を上げ、早くも誕生の日に備えて祝砲の準備がはじまったと聞いた。

城中のものたちも大張りきりで経過を見守ってくれている。

すべてが「ツムギ様最優先！」なので気恥ずかしくなることもあったけれど、それだけ大事にしてもらえるのはありがたいことだ。オルデリクスはエウロパの意見を取り入れ、紬のマタニティケアも兼ねて新しい乳母を城に招いてくれた。

それがマリーナだ。

アスランの乳母であるミレーネの妹で、姉とは対照的におっとりした性格ながら山猫の獣人らしく肝が据わっていて頼もしい。はじめての出産にあたって、助産婦の経験豊富な彼女がいてくれるのはほんとうに心強いことだった。

やさしいマリーナは彼女を補佐する侍女やエウロパとの関係も良好で、紬のスペシャルケアチームとしてがっちりスクラムを組んでくれている。おかげで紬はなんの心配もなく、安心してマタニティライフを堪能することができた。

いつものように日が燦々と差しこむ窓際の椅子に腰を下ろし、中庭の薔薇を眺めながら紬はひとり静かによろこびを噛み締める。

こうしていると、ゲルヘムの襲撃に神経を尖らせていたのが遠い昔のことに思えた。国境であるバーゼル川を渡って龍人たちが攻めこんできた時は、オルデリクスとの別れさえ覚悟したほどだったのに。

「そんなこともあったんだよね……」

平和な時代に子供を授かることができてほんとうに良かった。

それを可能にしたのは運命の巡り合わせであり、ローゼンリヒト、アドレア、イシュテヴァルダの間で結ばれた同盟のおかげでもあった。

かつて謀略《ぼうりゃく》の限りを尽くしたゲルヘムは、アドレアの反撃を受けて瓦解《がかい》した。その後、対ゲルヘムのための三国同盟が締結され、敵を押さえこむとともに三国の相互扶助《ふじょ》はより強化され、助け合う関係へと発展している。

ギルニスからは「耳に入れておく」と気がかりな話も聞いているけれど、今のこの状況で敵国内にそんな体力が残っているとは考えにくい。アドレア軍も常駐しているそうだし、それに――――。

「わっ」

考えに耽《ふけ》っていたまさにその時、現実に引き戻すように身体の内側から衝撃があった。

「動いた！」

とっさに両手を下腹に当てる。胎動《たいどう》だ。

立て続けに中からポコポコと蹴られ、「痛てて……」となりながらもそれがまたうれしい。服の上から蹴られた辺りをつつきながら紬はふふっと頬をゆるめた。

「さすが、獣人の子は元気だね。成長も早いし」

人は生まれるまでに十月十日と言うけれど、獣人の場合はおよそその三分の一で出産となるのだそうだ。獅子の妊娠期間と同程度であり、それだけ短いマタニティライフということになる。

「あっという間に終わっちゃうから、ちゃんと味わっておかないと」

紬はお腹に向かって話しかける。

「ぼくたちの子供になってくれてありがとう。早く会いたいよ」

ポコン。

まるで返事をするように一度だけ蹴り返される。

「ふふふ。いい子だね」

しあわせを噛み締めながら、紬は何度も何度もやさしくお腹を撫でるのだった。

＊

「王子ご誕生であらせられます！」

元気の良い産声に続いて、マリーナの弾んだ声が部屋に響く。

紬は朦朧《もうろう》としながらも、無事に生まれてくれたことにほうっと安堵の息を吐いた。

二日間続いた陣痛《じんつう》のおかげでほぼ眠れず、あまりの痛みに何度も意識が遠退きかけては様子を見にきてくれたオルデリクスに励まされる日々だった。

紬のスペシャルケアチームの筆頭として片時も離れず傍についていてくれたマリーナ。姉のミレーネも加わり、辛い時は腰をさすってくれたり、手を握ってくれた甲斐あって、なんとかこの大仕事をやり遂げることができた。

――やっと、生まれたんだ……。

まだ心臓がバクバクしている。ずっと力んでいたせいか身体中が汗びっしょりで、あちこち痛くてしかたないけれど、それでもほっとした思いがすべてに勝った。

ミレーネがやさしく額の汗を拭ってくれる。

「おめでとうございます。元気な双子の王子様がお生まれになりましたよ」

新しい命を取り上げてくれたエウロパからミレーネとマリーナに赤子が抱き渡され、産湯で清められる。お包みにすっぽりと包まれた小さな獣人の双子を見た瞬間、胸がいっぱいになってしまった。

「ふたりとも、会いたかったよ」

そっとふるえる手を伸ばす。

片方は元気いっぱいに泣き、もう片方は早々に泣き止んですやすやと眠っている。そんなふたりの頭に交互に触れ、手のひらに伝わるあたたかさを噛み締めた。

「生まれてきてくれてありがとう。ぼくの大切な宝物」

命を授かったと知ってから今日まで、皆のおかげでほんとうにしあわせな三ヶ月だった。妊娠初期こそ体調不良で苦しんだものの、安定期に入ってからは生育も順調で、日々大きくなるお腹に向かって「早く会いたいよ」と話しかけていたのを聞き届けてくれたのか、予定日より三日も早くこうして生まれてきてくれた。

「いい子だね」

ふわふわの産毛の生えた小さな頭をそっと撫でる。

その時、まるで戦いかと思うような激しい足音が近づいてきて、勢いよく扉が開いた。

「生まれたか！」

オルデリクスだ。王子誕生の一報に矢も楯もたまらず飛んできてくれたのだろう。陣痛がはじまった時から紬の傍を離れたくないと言ってくれた彼だが、どんな時も国のために尽くしてこそと政務に専念してもらっていたのだ。

ベッドに駆け寄ってきたオルデリクスにぎゅっと手を握られる。

「ツムギ。良くやってくれた」

「子供たちの顔を見てあげてください。あなたに似て、とても素敵な男の子たちです」

オルデリクスが上体を起こすと、すかさずマリーナとミレーネが左右から赤子を差し出した。「どうぞ、陛下のお手に」と抱っこさせられることになったオルデリクスだったが、やり方がわからず四苦八苦している姿も微笑ましい。腕はこう、肘はこうと、ひとつずつ教わる姿を見つめながら自然と頬に笑みが浮かんだ。

やっとのことで赤子を抱いたオルデリクスが怖々と腕の中を覗きこんでいる。その顔はすでに父親のそれだ。

「なんと小さいのだろう。すぐに壊れてしまいそうだ。……どんな敵を前にしても死など恐れなかったのに、不思議だな。今はとても怖く感じる」

「オルデリクス様……」

「これからは、おまえが命懸けで産んでくれたこの命を守るために全力を尽くさなくてはならないな。あらためて礼を言う。ありがとう、ツムギ」

「お礼ならぼくの方が。あなたとの子供を授かることができてしあわせです」

この多幸感をどう言葉にすればいいだろう。ただただ涙が出るばかりだ。

汗で張りついた前髪をかき上げられ、額にキスを落とされた。いつも愛し合った最後にしてくれる儀式のようなものだ。これをもらうと安心して眠れる。

「疲れたろう。今はなにも考えずに休むといい。おまえが眠るまで傍にいよう」

「でも、お仕事が……」

「心配すんな。どのみちこの後はもう仕事にならん」

いつの間にそこにいたのか、横からギルニスが口添えした。

「朝からそわそわしっぱなしだったからな。それぐらいうれしかったってことだ。まぁ、こんな一大事にそわそわしないようなやつだったら俺が殴ってやってるが」

国王相手の物騒な台詞にもかかわらず、オルデリクスは苦笑するだけだ。それどころか幼馴染みと顔を見合わせ、「わかっているじゃないか」と言わんばかりに頷いてみせた。

だから紬も安心して産後の処置に身を任せる。汗びっしょりの服を着替えさせてもらい、寝床も整えてもらってやっと一息ついたところで、小さな来訪者が顔を見せた。

「かあさま、大丈夫?」

「アスラン」

驚いた。まさか、アスランまでやってくるとは。横になったまま顔だけをそちらに向けると、彼はミレーネの代わりの若い侍女につき添われて部屋に入ってきた。

「申し訳ございません。王妃陛下は大変お疲れでいらっしゃいますと申し上げたのですが、どうしてもと……」

「構いませんよ。アスラン、おいで」

恐縮する侍女に微笑みつつ、紬は息子を手招きする。マリーナたちにも目で合図を送り、生まれたばかりの双子をアスランの目の高さで抱いてもらった。

「かわいいでしょう？　アスランの弟たちだよ」

「……ちっちゃい……」

「ちっちゃいね。母様のお腹の中から生まれてきたばっかりだから」

「じゃあ、かあさま、もとにもどった？」

「そうだよ」

頷くと、アスランがパッと顔を輝かせる。椛《もみじ》のような手が伸びてきて紬の手をぎゅっと握った。

「かあさま、あかちゃんうむの、いたかった？」

「心配してくれてありがとう。痛かったけど……でも、うれしかったよ」

「いたかったのに、うれしいの？」

「やっと会えるんだもん。父様とも、母様とも、アスランとも、みんなとも」

アスランは不思議そうに話を聞いていたが、もう一度赤ん坊に視線を落とし、真っ白なお包みの中ですやすやと眠るのを見てようやく顔を綻ばせた。

「かわいいね」

「ね。これからふたりをよろしくね」

腕を伸ばし、アスランのやわらかな髪をよしよしと撫でる。

それが区切りというように、オルデリクスがマリーナたちに目で下がるよう促した。

「アスラン。名残惜しいだろうが、今日のところはここまでだ」

「とうさま」

「ツムギは疲れている。大仕事を終えた後だからな。ゆっくり寝かせてやろう」

アスランがこくんと頷く。侍女に手を引かれてベッドから離れるアスランと入れ違いに、再びオルデリクスが近づいてきて紬のブランケットをかけ直してくれた。

「さぁ。なにも心配はいらない。安心して休め」

やさしい声を聞いた途端、二日間の疲れがドッと襲ってくる。もっと話していたいのに瞼はもう持ち上がる気配もない。

「ありがとう、ございます。オルデリクス様……皆さんも、ほんとう…、に……」

意識がすうっと遠くなったかと思うと、それきり紬は水底に沈むように眠りに落ちた。

双子の王子誕生の一報は瞬く間に国中に知れ渡った。

城下ではお祭り騒ぎになっているそうだ。

先代の王であった兄を亡くしてからというもの、人と関わることを避けてきたのが現王オルデリクスだ。

そんな彼が紬という伴侶を迎えた時には大変な驚きとよろこびをもって受け止められたものの、相手が獣人ではない人間で、しかも男性だったことから、子供など望むべくもないと誰しもが諦めていた。

そんな中での伴侶の獣化、そして受胎《じゅたい》。次々と起こる奇跡を目の当たりにした人々は、「神に愛されし国ローゼンリヒト」と歓喜に沸いた。

生まれてくる子は男の子だろうか、女の子だろうか。獣人だろうか、人間だろうか。

顔を合わせればそんな話をしていたそうで、「獣人王子誕生！」の一報《いっぽう》が届けられた日はどこへ行ってもその話題で持ちきりだったと、城に出入りしているものたちからリートを通して伝え聞いた。

「あの日は、ローゼンリヒト中の帆船《はんせん》から祝砲が打ち上がったそうですよ」

ベッドサイドに薔薇を飾りながらリートが誇らしげに笑みを浮かべる。

近隣諸国からもたくさんのお祝いが寄せられた。

南の隣国アドレアからは稀少な宝石を埋めこんだお揃いのサーベルが届いた。不思議な力を持つ獣人王と番《つがい》が治める彼の国では、剣は運命を切り開くことの象徴なのだそうだ。きっと、大きくなる子供たちを見守ってくれるだろう。

北の隣国イシュテヴァルダからは繊細な装飾が施された豪華な銀食器を一ダースずつ、それに王と王妃それぞれから心のこもった手紙が届いた。紬たちの結婚式やアドレア王の戴冠式などで何度か顔を合わせたことがあるが、常に気遣いの絶えないやさしいふたりだ。自分もあんなふうになれたらと、密《ひそ》かに憧れのようなものを抱いている。

紬は、もう何度も読み返した手紙をゆっくり閉じ、封筒の表をそっと撫でた。

――しあわせだ……。

結婚を祝ってもらった時も心の底からそう思ったけれど、不思議だ。子供たちの誕生を祝ってもらえることはその何倍もうれしく感じるなんて。

そう言うと、リートは「ツムギ様らしいですね」と眉根を下げた。

「ご自分のことが一番でもいいんですよ」

「うん。でも今は、子供たちのことで頭がいっぱいになっちゃって」

「陛下が聞いたら『俺はどうした！』って卒倒なさいますね」

「ふふふ。秘密だよ？」

顔を見合わせてくすりと笑う。

「さぁ、お食事ですよ。お昼もたくさん召し上がってくださいね」

リートの目配せを合図に、部屋の隅で待機していた侍女たちがやってきて起き上がるのを手伝ってくれる。背中にクッションを当ててもらっている間に膝の上には金細工のトレイが置かれ、ベッドはあっという間に食堂になった。

そうして食事の準備が整うと、今度は王妃専属の料理人と配膳係が現れてトレイの上に次々と料理を並べていく。栄養のバランスがよく考えられた、紬の好きなものばかりだ。

「ありがとうございます。おいしいものを作ってくださって」

「王妃陛下。お褒めの言葉はすべて召し上がっていただいてから」

料理人が細い目を糸のようにして微笑む。

紬は感謝の気持ちとともにスプーンを取ると、ゆっくりとスープを口に運んだ。

紬のスペシャルケアチームには、今や料理人や小間使いまでが名を連ねている。医師であるエウロパと連携を取ることで、食事、生活、看護の三面から紬をケアしてくれており、その見事なチームワークは報告を受けるオルデリクスも舌を巻いているらしい。

実際、産後の回復には時間を要している。

獣化、妊娠、出産と、紬の身体は大きく変わった。負担も相当にあったようで、今までどおりの生活に戻るにはまだまだ時間がかかりそうだ。アスランの食事の世話どころか、ベッドを出て歩き回ることさえできないでいる。焦る気持ちがないわけではないけれど、今は無理をさせた身体を休める時だと自分に言い聞かせて静かに毎日を過ごしていた。

出されたものをぺろりと平らげ、エウロパから昼の診察を受ける。

するとそこへ、頃合いを見計らったかのようにマリーナが双子を連れてやってきた。

「うーん。さすがスペシャルチーム」

食事、診察、面会と、まさに流れるような段取りの良さだ。思わず唸る紬にマリーナは
「ツムギ様ったら」とやさしく微笑んだ。

双子たちが生まれたその瞬間から、彼女は乳母としてふたりの世話をしてくれている。まだ年若いにもかかわらず子守をした子供は何十人といるそうで、経験が豊富なところも安心だった。

そんなマリーナは、子供部屋に来られない紬のためにこうして一日に二度、手押し車のついた揺り籠に寝かせて子供たちを会わせに来てくれる。双子もエウロパの診察を受け、問題なしとの太鼓判をもらって、いよいよ楽しみにしている抱っこタイムとなった。

紬はそっと兄のルドルフを抱き上げる。

彼は開いたばかりのつぶらな瞳でこちらをじっと見上げてきた。

「ルドルフ。今日もいい子だね。ぼくの宝物さん」

ルドルフはすぐさま「にぱっ」と笑う。握り締めた両手をぶんぶんふってご機嫌だ。

生まれた時から元気いっぱいでよく自己主張する彼は、オルデリクスに似たのだろう。

褐色の肌や琥珀色の目も父親譲りで、ふんわり生えはじめた茶色の髪には金のメッシュが混じっている。ローゼンリヒトの第二王子となる獅子の獣人だ。

やわらかな髪をかき上げ、額にキスを落とすと、紬はルドルフをベッドに寝かせる。

続いて弟のフランツを抱き上げた。

「フランツ。今日もかわいいね。ぼくの宝物さん」

おっとりしている彼ははじめ表情を変えなかったものの、しばらくするとふわっと花が咲くように笑った。ルドルフが全身でよろこびを表現するのとは反対に、フランツはおとなしくて控えめだ。白い肌は紬譲りだが、金髪はオルデリクスに似たのだろう。

驚いたことに、緑がかった琥珀色の目はフレデリクスの面影があるという。亡き兄と再会するようだとオルデリクスが言ったのが忘れられない。そんなフランツも、ローゼンリヒトの第三王子となる獅子の獣人としてこの世に生まれた。

天使のような巻き毛をかき上げ、額にキスを贈って、フランツもベッドに寝かせる。

あらためてベビーベッドの上からふたりを覗きこみながら、紬はそっと目を細めた。

「ルドルフ。フランツ」

愛しい名は何度口にしても足りない。

とはいえ、この名前に決まるまでには一騒動あったのだ。大変だったことを思い出し、紬はそっと笑みを洩らした。

「オルデリクス様のように強くまっすぐな子に育ちますように」と、彼の名に肖《あやか》ろうとする紬に対し、オルデリクスは「ツムギのように、しなやかでやさしい子に育つように」と紬の名に因《ちな》みたいと譲らなかった。

ふたりで子供たちをそれぞれ腕に抱き、ああでもないこうでもないと頭を悩ませたのもいい思い出だ。散々話し合った末、この国に古くから伝わる名前をつけた。ルドルフには勇敢さを、フランツには慈悲深さを。そんな意味と願いをこめて贈った大切な名だ。

懐かしく思い返していると、件の人物がひょいと顔を覗かせた。

「ツムギ、調子はどうだ。変わりはないか」

「オルデリクス様。ありがとうございます。……でも、朝もお会いしたでしょうに」

「朝は朝。昼は昼だ」

そう言ってオルデリクスが笑う。

ここからは夫々水入らずの時間とばかりに、それまで紬を囲んでいたエウロパやリート、それにミレーネまでがさっと一礼して出ていった。気を遣ってくれているのだろう。

ドアが閉まるのを見届けるなり、オルデリクスが軽いキスをくれる。

「朝よりも顔色が良いようだ」

「オルデリクス様はお疲れではありませんか。お仕事もお忙しいと聞いていますが……」

「ギルニスのおかげでな。なに、心配するな。うまくやる」

途端に顔を顰めるのを見て、悪いと思いながらも笑ってしまった。

彼はこうして政務の合間に日に何度も顔を見に訪ねてきてくれる。

それればかりか、ひとりで寝ている紬が寂しくないようにと花を飾らせたり、甘いものを届けさせたりと甲斐甲斐しい。先ほどリートが活けてくれた真っ赤な薔薇もオルデリクスから贈られたものだ。リートに「一番香りが良いものを飾るようにって。ツムギ様に少しでもよろこんでほしい陛下のお気持ちの表れですね」と言われてとてもうれしかった。

また、オルデリクスは歴代王の中でも異例と言われるほど子煩悩《こぼんのう》で、子供たちの相手も欠かさない。はじめて腕に抱いた時はあんなにおっかなびっくりだったのに、もう難なくルドルフを抱き上げている。

「ルドルフ。おまえはアスランを助け、この国を守っていくのだぞ」

父の言いつけに、ルドルフは無邪気に笑った。

満足そうに頷いたオルデリクスは、今度はフランツを腕に抱く。

「フランツ。おまえはルドルフと力を合わせてこの国を豊かにせよ」

フランツは眠そうだ。安心しきったように父親の腕の中で「ふわぁ」と欠伸《あくび》をするのを見つめながら、微笑ましさに頬がゆるんだ。

——そうだよね。まだわからないよね。

まだ目が開いたばかりの赤ちゃんなのに、大人に言うように言い聞かせられても言葉を理解することはできないだろう。それでも、気持ちもわかるのだ。

——うれしくてしかたないんですよね。オルデリクス様。

自分も同じだ。双子たちにどれだけ愛されて生まれてきたか、どれほど望まれてここにいるのか、言葉を尽くしてあげたくなる。

オルデリクスがフランツを寝床に戻すのを見守りながら、紬はしみじみと目を細めた。

「この子たちは、どんな人生を歩むんでしょうね」

「何度失敗してもいい。自ら考え、学び、それを活かせる人間になってほしいものだ」

「大丈夫ですよ。オルデリクス様の子供たちですから」

「強情なところは似ないといいがな」

思わず顔を見合わせて笑う。

それから子供たちに手を伸ばし、やわらかな前髪をかき上げた。

「自分が親になってみてはじめて、両親の思いに気づくばかりです。どんなに心を砕いてくれていたのか」

「あぁ、そうだな。なくしてはじめてわかることもあるが、立場が変わるからこそ見えてくるものもある」

「ルドルフも、フランツも、そんなしあわせに巡り会えますように」

願いをこめて小さな額にくちづける。

「でも、ゆっくりでいいんだよ。急いで大人になろうとしなくていいんだからね」

「親というのは我儘なものだな。立派に成長したところを見たくもあり、いつまでもこのままでいてほしいと思うこともある」

「えぇ、ほんとうに」

そんなふたりの気持ちが通じたのか、さっきまでうとうととしていたはずのフランツが紬の人指し指をきゅうっと握った。その力強さにハッとしていると、ルドルフも負けじと紬の反対の手を鷲掴みにする。

「察しのいい子供たちだ。だが、ツムギを独り占めするのは俺の特権だからな」

「もう。そんなことで子供と張り合わないでください」

笑いながらオルデリクスと顔を見合わせ、コツンと額をくっつける。

上目遣いに目を合わせたふたりは、あふれるしあわせを噛み締めながらどちらからともなく瞼を閉じた。


紬の体調回復を待って一般参賀が行われた。

この日ばかりは身分の上下に関係なく、城の門が開け放たれる。

バルコニーに姿を現した国王一家を人々は大歓声とともに迎えた。誰もが口々に「国王陛下万歳！」「王妃陛下万歳！」を叫び、ローゼンリヒトの繁栄を願う。日に三度行われた参賀は、そのたびに城門からあふれ返るほどの人、人、人で埋め尽くされた。

今やローゼンリヒトは王子たちに夢中だ。現国王の結婚に続き、新しい命の誕生という明るいニュースに人々はいっせいに沸き立った。

それは城の中も同じである。すべては双子を中心に回りはじめ、皆がこのかわいらしい王子たちの虜になった。なにもかもがよろこびに満ちていて、しあわせにあふれていた。

ただひとつ、アスランを除いては――。

気がかりに紬は小さくため息をつく。

どうも最近、アスランの様子がおかしいのだ。些細な変化をはじめは気のせいだろうと思ったのだけれど、彼をすぐ傍で見ているミレーネやジルたちと話すうちにそれが単なる気のせいではないと思い直した。

やけに紬にこだわるのだ。

王太子である彼には何人もの侍女や侍従がついている。朝になればやさしく起こされ、体調管理をされ、立っているだけで着替えが終わる。テーブルにつけば食事が出てきて、目の前のフォークやスプーンを握るだけでおいしいものでお腹を満たすことができる。

それらすべてが、いつからか「かあさま、やって」に変わった。

朝起こすのも、着替えさせるのも、ごはんを食べさせるのもすべて紬にやってほしいと言うのだ。侍女が「私たちがお役目を」と言っても、あるいは「ご自分でなさってくださいませ」とやらせようとしても、「やー！　かあさま！」と紬を呼んでこさせようと駄々《だだ》を捏《こ》ねる。

あんなふうに強く意思表示するようになったのは最近のことだと思うけれど、よくよく思い返してみれば、身籠もったとわかった時からやけに紬にくっついてくるようになった。

「アスランはお兄ちゃんになるんだよ」と言った頃だ。

その時は意味がわからなかったのか、きょとんとしていたけれど、後になって紬の腹を無言でじっと見つめていることが何度かあった。

はじめて会った時から膝に乗ってくるような人懐っこい子だったので、慕ってくれるのがうれしくてしたいようにさせていたけれど、弟たちが生まれてからというもの甘え方がいっそう激しくなったように思う。

「寂しかったのかな……」

妊娠中は日々の変化についていくのがやっとで、産後も長らく伏せっていた。双子たちが生まれてからはそちらにかかりきりで、あまり構ってあげられていない。専属料理人としての仕事も休んだままだ。そのせいで寂しい思いをさせてしまったのかもしれない。

「そう、だよね」

考えてみれば、城にアスランの遊び相手と呼べる子供はいない。たくさんの大人に囲まれて帝王学を学ぶ日々だ。いくら将来の国王とはいえ彼にも息抜きは必要だし、なにより子供らしくのびのびと過ごしてほしい。庭で一緒にランチボックスを食べた時のように。

「おいしいね」と笑い合いながらミートボールを頬張ったあの時のように。

――そのために、ぼくにできることがある。

まずは、おいしいもので彼を笑顔にすることだ。

そうと決まれば善は急げと、紬はオルデリクスに頼んで食事係の仕事を再開させてもらうことにした。オルデリクスは「無理をするな」と産後の身体を心配してくれたけれど、アスランにごはんを作ってあげるのも、一緒にテーブルを囲むのも、自分にとってはうれしいことだ。

翌朝、紬は心をこめてアスランの大好きな林檎のスープを拵えた。

ローゼンリヒトに来てからだけでなく、日本で暮らしていた頃も含めてこんなに長い間キッチンを離れたのははじめてかもしれない。厨房に立っただけでわくわくと高鳴る胸に、自分はやはり料理が大好きなんだと実感した。

他の料理人たちが作ったメニューとともにワゴンを押して食堂へ向かう。

「おはよう、アスラン。朝ごはんを作ってきたよ」

テーブルについていたアスランに声をかけると、彼は弾かれたようにこちらを見た。

「かあさま……？　かあさまだ！」

まさか紬が来るとは思ってもみなかったのだろう。少し前まで当たり前にしていたことだったのに、いつから諦めさせていたんだろうと思うとチクリと胸が痛んだ。

アスランは勢いよく駆けてくるなり、紬の腰にしがみつく。

「かあさま！　アシュと、ごはんたべるの？」

「そうだよ。アスランと一緒に朝ごはん食べたいなぁって思って、作ってきたんだよ」

「ごはん！　ごはん！　はやく！」

目をきらきらさせながらアスランが笑った。うれしくてしかたないのだろう。部屋中を走り回って気持ちを爆発させている。

――こんなによろこんでくれるなんて。

久しぶりに見るアスランの屈託のない笑みにこちらまで頬がゆるんでくる。大変なこともあるけれど、やはり食事係を再開して良かった。

今朝はルドルフがグズって泣きやまず、マリーナに助けてもらいながらもあやすだけでヘトヘトになった。フランツもなかなかミルクを飲んでくれないので体重が増えないのが悩みの種だ。

あの子たちは今どうしているだろう。泣いていないだろうか。お腹を空かせていないだろうか。食事が終わったらすぐに部屋に戻らなくては――。

「かあさま」

不意に、ぎゅっと手を握られる。

「かあさまは、アシュの」

強い口調ではっきりと言われて驚いた。なんて鋭い子なのだろう。紬の心が一瞬でも自分から逸れたことに気づいているのだ。

紬はアスランの前にしゃがみこむと、メッシュ混じりの髪をやさしく撫でた。

「母様は、みんなのものだよ」

「だめ！」

「でも母様は、父様も、アスランも、ルドルフも、フランツも、みんな大事だよ。みんな同じに大好きだよ」

「や！　アシュのこと！　アシュの！」

「アスランのこと大好きだよ。だからほら、アスランのお気に入りの林檎のスープ……」

「やああ！」

アスランが大声とともに両手をふり回す。腕の先がワゴンに当たり、スープの入った容れものがガタンと揺れた。

「わっ！」

ひっくり返りそうになった器を紬と配膳係でとっさに押さえる。

幸い、すぐ近くにいたことと、スープ自体が冷製だったことで大惨事は免《まぬが》れたものの、せっかく拵えたキセーリは半分以上こぼれてしまった。他の料理にもかかったようだ。

あっという間に台無しになった朝食に紬は唖然とするばかりだ。

アスランを見ると、自分のしたことがわかっているのか、紬の視線にビクッとなった。責められると思ったのかもしれない。

紬は小さくため息をつき、なんとか気持ちを落ち着かせる。

「アスラン。食べものを粗末にしちゃいけないよ。わざとじゃないってわかってるけど、今度からは気をつけてね」

静かに諭す紬の胸に、アスランは無言でグリグリと頭を押しつけてきた。

「アスラン。さぁ、ごはん食べよう？　ね？　怒ってないよ」

アスランは応じない。

「ねぇ、アスラン。母様ごはん食べたいな。アスランと一緒に食べたいな」

さりげなく離れるよう促しても従わないどころか、絶対に離すまいとしがみついてくる。

頑《かたく》ななアスランに再び嘆息しながら紬はその場にぺたんと腰を下ろした。

「アスランの好きな林檎のスープ、一緒に食べられるって楽しみにしてきたんだけどな。アスランが食べてくれないなら、母様、誰と食べようかな」

「だめ！」

間髪入れずにアスランが顔を上げた。

「かあさまは、アシュの！」

加減もなしに胸元をぎゅっと握られてとても痛い。この小さな身体のどこにこんな力があるのだろう。紬は面食らいながらも、ようやくのことで反応してくれたアスランの顔を覗きこんだ。

　すると、アスランはなにを思ったのか「あーん」と口を開ける。

「アシュ、たべる。かあさまたべさせて」

「アスランは自分で食べられるでしょう？」

「や！　かあさまが、やって」

　やれやれ、いったいどうしたのだろう。ここまで頑ななアスランははじめてだ。

「じゃあ、今日だけだよ」

　このままではハンガーストライキもされかねないと危惧した紬は、しかたなしに並んでテーブルにつくと、彼が望むとおり食べられそうなものを口に運んでやった。

　当のアスランはご満悦だ。まるで雛鳥のようにうれしそうに口を開け、早く早くと紬を急かす。それを見ながら、食べてくれて良かったとほっとする気持ちと、もやもやとした罪悪感が心の中で渦を巻いた。

　甘やかしているだけじゃないのか。我儘な子に育ってしまうんじゃないか。

ただでさえ、将来はオルデリクスの跡を継いでローゼンリヒト王となる立場だ。自分の子育てのせいで暴君になってしまったらどうしよう。それこそ国にとって取り返しのつかないことだ。

それでも、こうでもしないと食べてくれない。アスランが痩せ細るのを黙って見ているなんてできない。

内心もやもやとしながらも、アスランがよろこんでくれるのがうれしくて、紬は複雑な気持ちで小さな口にスプーンを運ぶのだった。

その日も、いつものように双子を寝かしつけたところで珍しい訪問者があった。

「よう。調子はどうだ」

「ギルニスさん！」

相手を見た途端、リートがぴゃっと紬の後ろに隠れる。まさに脱兎《だつと》の勢いだ。あまりの早業に紬が噴き出すと、それにつられてマリーナも「ふふっ」と笑みを洩らした。

「珍しいですね、子供部屋にいらっしゃるなんて」

「おまえに用事があったからな」

ギルニスは横目でリートを睨み、「ひえぇ」という声に溜飲《りゅういん》を下げると、一息置いて従者の顔になった。

「オルデリクスがおまえを呼んでる」

「オルデリクス様が？」

こちらに来いと手招きされる。窓からは城の中庭が一望できた。

「見ろ。今年もそろそろロズロサ作りの季節だ」

「え？　あ……」

ロズロサは別名『記憶の花』と呼ばれ、ローゼンリヒト城の中庭だけに咲く桃色の薔薇の花を砂糖漬けにしたものだ。その希少性とともに、口にすると大切な記憶を失うという性質から、王族だけが取り扱う権利を有する王家の宝のひとつでもある。

ロズロサ作りは神聖な行事だ。

毎年薔薇に祈りを捧げてから花が摘まれ、加工され、その後国王自ら神に捧げる儀式を行うと聞く。紬がローゼンリヒトに来た最初の年はすでに儀式が終わっていたため、今年はじめて王妃として参列することになっていた。

「もう、そんな時期だったなんて……」

眼下の薔薇を見下ろしながら、じわじわとした焦燥感を噛み締める。

　このところ子供たちのことで頭がいっぱいで、飛ぶように過ぎる毎日の中、季節の移ろいに目をやる余裕もなかった。薔薇はあんなに見事に咲いているのに。王妃として大切な仕事のひとつなのに。

　――いけない。もっとちゃんとしないと。

　自戒《じかい》に唇を噛み締める。

　そんな紬に、ギルニスは「そう力むなって」とやさしく背中を叩いてくれた。

「誰も完璧なんて求めてない。頭に入ってるだけで充分だ」

「でも」

「おまえがなんでもかんでもこなしたりしたら、それこそオルデリクスが心配する。気を張りすぎて倒れるんじゃないかってな」

「……もう」

　想像できてしまうから困る。思わず苦笑した紬に何度か頷いてみせた後で、ギルニスは再び真面目な顔に戻った。

「ほんとは無理すんなって言いたいところだが……言っても聞かないだろうから、せめて無理しすぎるなよ。ルドルフ様とフランツ様にかかりきりになってもおかしくない上に、アスラン様の食事係も再開したろう。オルデリクスがおまえをとても心配してる」

「はい……」

実際、ものすごく気にかけてもらっているのを肌で感じる。ほんとうにありがたいことだと思う。

だから紬も、その日の出来事を詳しく話して聞かせることにしていた。共有することで安心してもらいたかったのだ。政務に忙殺《ぼうさつ》されているオルデリクスも、一日の終わりに子供たちの様子を聞くのを楽しみにしてくれているようだった。

けれど、ひとつだけ言えなかったことがある。アスランのことだ。うまく話す自信がなかったし、仕事で疲れているオルデリクスにため息で一日を終えてほしくなかった。

――ぼくがなんとかしなくちゃ。大丈夫、なんとかできるはず。

心の中で言い聞かせていると、それを見たギルニスがやれやれと肩を竦めた。

「まったく、まーたなんか溜めこんでんだろ。そういうところはおまえもオルデリクスもそっくりだ。まぁ、そのために俺たちがいるわけなんだが。……というわけで、リート」

「はっ、ははは、はい！」

突然話をふられ、リートは気の毒なほどカチンと固まる。

「おまえはツムギをよくよく観察するように。放っとくと、こいつは倒れるまで我慢するタイプだからな。その前に意地でも止めろよ」

「わ、わかりました……！」

「マリーナも。今も充分やってくれてるとは思うが、双子たちのことは任せたぞ。それとミレーネともよく連携してくれ」

「畏まりました。ギルニス様」

ふたりに念押しをしたギルニスが「さて」とこちらをふり返る。

「そんじゃ、お務めに行くか」

ギルニスに促されて部屋を出た紬は、オルデリクスの待つ執務室へと足を向けた。後ろから侍従たちもそれに続く。

階段を降り、廊下を歩きはじめて間もなく、ギルニスがつと立ち止まった。

「なんだありゃ」

見れば、向こうの方でなにやら騒ぎが起きている。

「あれ、アスランじゃないですか？」

「ほんとだな」

廊下の真ん中で座りこむアスランと、立たせようと苦心しているミレーネや侍女たちだ。ジルもいる。どうしたのかと近づいていくと、紬に気づいたアスランが「かあさま！」と椛のような手を伸ばしてきた。

「どうしてこんなところで座っているのかな、アスランは」

「アシュ、いきたくない」

ぷいっとそっぽを向かれてしまったので傍にいたジルに目で問うと、武芸の稽古に向かうところだったと判明した。けれど道すがらアスランが座りこんだり、「だっこして」とせがむので、そのたびに立ち往生《おうじょう》させられていたようだ。

「アスラン。ジルやミレーネを困らせちゃだめだよ。アスランは父様みたいに立派な獅子王様になるんでしょう?」

「んー!」

いやいやと首をふったアスランは、めげることなく紬に向かって手を伸ばしてくる。

最近、ますます「だっこ」をねだることが増えた。それが聞き入れられないと見るや、座りこんだり、寝転がったりなどの強硬手段に訴える。三歳になって力が強くなってきた反面、ものの道理を理解するには至らぬ子供を説得するのがどれほど大変なことなのか、ミレーネたちの顔を見れば一目瞭然だ。王太子相手に強く出られないのもあるだろう。

せめて自分が相手を代わってやれればいいのだけれど、王妃としてやらなければならない公務がある。紬はアスランと目の高さを合わせるべく、すぐ前にしゃがみこんだ。

「かあさま、だっこ」

「ごめんね。母様はこれから大事なお仕事に行くんだよ。だから今はできないよ」

「やー！　だっこして！」

アスランはぶんぶんと首をふる。

「アスラン様。王妃陛下のお邪魔をしてはいけませんよ」

「私たちがお相手を」

ミレーネや侍女たちが口々にアスランを宥め、なんとかその場を収めようとしたものの、肝心の幼子が興味を示すことはなかった。

そんな中、ヒューと口笛を吹いたのがギルニスだ。

「やれやれ、困った王太子殿下だ。どれ、俺が一役買ってやる」

そう言うなり、ギルニスはアスランの両脇の下に手を差し入れ、ひょいと抱き上げた。頭より高く持ち上げたかと思うと一気に膝下まで急降下させ、また頭上に持ち上げてと、あやし方もかなりワイルドだ。ハラハラする紬たちを余所に、アスランはきゃっきゃっと声を立ててよろこんでいる。

「ギル！　もっと！」

「はいはい。もっとね。……ほーら、よっと！」

「きゃー！」

アスランがポンと空中に放り投げられてギョッとなったが、ギルニスは難なく王太子をキャッチすると、またも派手に揺さぶった後で床に下ろした。

「甥っ子たちの面倒を見てるみたいだな。なにかと体力勝負だ」

「ありがとうございます、ギルニス様。少々肝が冷えましたが……」

ミレーネがほっとした様子で頭を下げる。

「なに、オルデリクスの息子だ。獅子の獣人に怖いものなんてない。……そうでしょう？ アスラン様」

ギルニスがアスランの小さな背中をポンと叩く。

思いきり発散させてもらったようだし、これで小さな怪獣も少しはおとなしくなるかと思いきや、アスランはまた「かあさま！」と紬に向かって手を伸ばしてきた。

こうなったら意地でも諦めないだろう。一度こうと決めたら譲らないのはオルデリクスによく似ている。紬はアスランをぎゅっと抱き締めると、額にキスをして立ち上がった。

そろそろ行かなくてはならない。

「今はこれで我慢してね？」

「や！　や－！」

途端にアスランがまた癇癪を起こす。紬の足に両腕を絡ませ、行かせまいと必死だ。

「ごめんね、アスラン。母様はもうお仕事に行かなくちゃ。国のために父様と一緒にするお仕事だよ。将来は、アスランもやることなんだよ」

「や！」

「アスランは、大きくなったら父様みたいになるんだもんね？　立派な獅子王様になるんだもんね？　だったら、今から父様を見倣《みなら》わなくちゃ」

「でも、だめ。かあさまはここ」

「困ったなぁ……」

ほんとうにどうしてしまったのだろう。

王太子として、生まれた時から厳しく躾けられてきたアスランだ。二歳の時からすでに帝王学教育もはじまっている。そのおかげか、出会った頃のアスランは「これはいけないことなんだよ」と教えられれば受け入れるだけの柔軟さがあった。

今にして思えば、あまりに早熟だったのかもしれない。

今の彼の方が年相応なのかもしれない。

それでも、最近のアスランはまるで分別がつく前の赤ん坊のようだ。自分の思い通りにならずにわんわん泣きはじめた彼を見ながら紬は途方に暮れてしまった。

ただでさえ、慣れないこと続きの毎日で地味に消耗している。

ひとりっ子だった紬にとって、小さな子供と接すること自体これまでなかった。ましてや赤子の世話なんて正真正銘はじめてだ。

だからほんとうは抱っこするのもまだまだ怖いし、腕に抱いている時にむずがられたりすると落としそうで慌ててしまう。ミルクをあげてもオムツを替えても、抱っこをしても泣き止まないとどうしたらいいかわからなくなる。やっとの思いで宥められたと思っても、すぐにいやいやがはじまったり、グズったりで、終わりの見えないくり返しに心身ともにフラフラだった。

自分がこうなってみて、あらためて母の偉大さを思い知る。睡眠不足に悩まされながら四六時中気を張っていなければならない生活はきっと想像を遙かに超える大変なものだっただろう。

自分にはマリーナという心強い味方がいるし、侍女たちもいる。二時間おきにミルクに起きることもないし、揃って泣き出した双子を一度にあやさなくてはと右往左往することもない。

そう考えれば、ほんとうに恵まれているのだ。わかっている。自分がどんなに周囲から助けてもらっているか。それでも休むことのできない、ましてや替えなど利かない王妃としての立場との両立はまた別の問題でもあった。

そう。自分はこの国の王妃だ。オルデリクスとともに国に命を捧げると誓った。

――我らは国のものであり、国はそなたらのものである。

宣言式の言葉を思い出し、紬は己を奮い立たせる。国のため、民のため、やらなければならないことがある。

「や！」

「アスラン。母様の言うことを聞いて。意地悪で言ってるんじゃないんだよ。父様にも、母様にも、アスランにも、この国のためにやらなくちゃいけないことがあるんだよ」

「聞き分けのない子は嫌いになっちゃうよ。いいの？」

「やー！」

地団駄《じだんだ》を踏んで暴れはじめたアスランを、ギルニスがひょいと抱き上げる。

「先に行け。俺がなんとかする」

「ギルニスさん」

「あんまり待たすと今度はオルデリクスがこうなるぞ」

「すみません。ありがとうございます」

苦笑してみせるギルニスに頭を下げ、ミレーネたちにも「ごめんね」と詫びると、紬は急ぎ足で歩きはじめた。アスランの「やあああー！」という泣き声が背中を追いかけてきたけれど、心を鬼にしてそれをふりきる。執務室へと向かう間中、甲高い声が何度も頭の中でくり返されては、思っていた以上に自分が疲弊《ひへい》していたことを知った。

「……疲弊、だなんて……」

無意識の考えにハッとして立ち止まる。

廊下の窓からは美しく咲くロズロサが見えた。

はじめてローゼンリヒトで目覚めた時、自分はあの花の傍で倒れていたのだったっけ。獣化した護衛たちに囲まれ、あわや、というところを助けてくれたのがアスランだった。ロズロサを分けてくれて、おかげで皆の言葉がわかるようになって、けれど同時に記憶もなくして——。

異世界での目まぐるしい一年も今や遠い昔のようだ。それほどに、ここ数ヶ月の変化は大きかった。

王妃、獣人、母親。

そのすべてにおいて新米である紬はもうパンクしそうだ。普段はできるだけ前向きに捉えるようにしているけれど、見計らったかのようなタイミングで我儘を言われるとどうしても苛立ってしまう。そんな自分が嫌なのに、自分で自分を止められない。良くないと思いながらももやもやしたものが澱《おり》のように溜まっていく。

「どうしたらいいの……」

たまらず両手で顔を覆った。

それでも、弱音を吐いている場合ではない。ギルニスもミレーネもマリーナも、みんな紬を助けてくれているのだ。

アスランだって、ただの意地悪で我儘を言ったりやったりしているわけではないはずだ。ほんとうはいい子だと自分はよく知っている。明るくて、やさしくて、父親思いのとてもいい子だ。自分が今少しバランスを欠いているように、彼もまたちょっと不安定になっているだけかもしれない。

「大丈夫。大丈夫……」

懸命に自分に言い聞かせる。

なんとかしなければ。なんとかできるはず。彼のためにも、自分のためにも。


頑張らなければと気持ちを新たにした紬だったが、思いとは裏腹に、現実はそううまくはいかなかった。

日を追うごとにアスランの我儘は酷くなるばかりだ。

食事中に大きな声を出してテーブルをバンバン叩いたり、お祈り中に騒ぎ出したりすることもある。そうならないように、事前に「ここでは静かにしようね」と指切りげんまんしておいたにもかかわらずだ。

わざと約束を破られているようで、がっかりを通り越して悲しくなってくる。ミレーネからは寝かしつけるのに時間がかかるようになってきたと聞いたし、夜泣きやおねしょも増えたという。

「困ったなぁ……」

思わず大きなため息が洩れる。

そんな紬の不安や苛立ちが伝わったのか、腕の中でルドルフがむずがった。

「ご、ごめんね。大丈夫大丈夫。なんでもないよ」

慌ててあやすものの、ルドルフは嫌がるように身体をくねらせる。さらには「ふえっ…」と泣き出す始末で、それを見たマリーナが慌ててやってきた。

「ツムギ様」

「ごめん。お願い」

さっと差し出された腕に抱っこを代わってもらう。抱き方が違うのか、ルドルフはピタリと泣き止むなり安心したように眠りはじめた。

こんな時、自分は母親としてもまだまだ未熟なのだと思い知る。我が子をあやすことすら満足にできないなんて。

「育児は慣れでございますよ。ツムギ様」

考えていることが顔に出ていたのか、マリーナはおだやかに微笑んだ。

「はじめから上手な人などおりません。みんな失敗しながら、子供と一緒に成長していくものなんです。ですからどうか、そんな悲しいお顔をなさらないでください」

「マリーナ……」

「ツムギ様にもきっとできます。わたしが保証します」

マリーナは力強く頷いた後で、双子たちの顔を交互に見やる。

「こんなにかわいらしいお子様たちをわたしは見たことがありません。陛下とツムギ様の大切な王子様のお世話をさせていただけて、わたしはほんとうにしあわせです」

まるで我が子を愛おしむように微笑む彼女を見ているうちに、強張《こわば》っていた心がゆっくりと解けていくのがわかった。

「ぼくの方こそ、マリーナにたくさん助けてもらって感謝するばかりです。ありがとう」

「もったいないお言葉でございます」

マリーナがにっこりと笑う。

その笑顔に、自然と心が開いていくような気持ちになった。彼女にならなにを打ち明けても大丈夫だと思えるような、自分をありのまま受け入れてもらえると確信するような、そんな安心感だ。母性というのはこういうことを言うのだろうか。憧れてしまう。

――ぼくも、彼女みたいになれたらいいのに。

たとえ性は違っても、子供を慈しみたいと思う気持ちは同じなはずだ。ならば、自分もマリーナやミレーネのようになれないだろうか。なりたい。少しでも近づきたい。

静かにひとり胸を熱くしていると、思いがけない訪問者がやってきた。

「……アスラン？　それにミレーネも」

その顔を見るなり、思わず声を上げてしまう。

「お邪魔をして申し訳ございません。お散歩の途中、アスラン様がお立ち寄りになりたいと申されまして」

「アスランが？」

さらに意外だった。これまで彼の方から弟たちに関わることはなかったのに、どういう風の吹き回しだろう。なにか意識が変わることでもあったのだろうか。

勘ぐってしまいそうになり、紬は慌ててそれを打ち消した。どんな理由があってもいい。アスランの方から会いたいと思ってくれたのだから。

「会いにきてくれてありがとう、アスラン」

紬は椛のような手を握り、ベビーベッドの傍へ連れていった。

「ほら、弟たち、大きくなったでしょう。髪の毛も生えてきたよ。ルドルフはアスランと同じメッシュだね。アスランは金髪に黒のメッシュ。ルドルフは黒髪に金色のメッシュ。肌も褐色でお兄ちゃんとよく似てるね」

できるだけ身近に感じてもらえるように、ひとつずつ似ているところを紹介する。

それでもアスランは黙ったままだ。

「フランツは父様と同じ金髪。肌は母様と同じ白。お目々は少し緑がかっているんだよ。とってもきれいな色だから、目を覚ましたらまた見にきてあげてね」

こうして並ぶと、ルドルフとフランツの体格に少しずつ差が出はじめているのがわかる。フランツは食が細く、時々ミルクを吐き戻すので心配だ。とにかく元気に育ってほしいと願うばかりの毎日だった。

「お手々、握ってみる?」

つないでいたアスランの手を子供たちに近づけてみる。

けれど彼は無理矢理手をふり解くなり、ぷいっとそっぽを向いてしまった。

「どうしたの、アスラン。恥ずかしいのかな?　大丈夫だよ、ふたりともいい子だよ」

見本を示すつもりでルドルフの髪を撫でると、弾かれたようにアスランがふり返った。そうして両手で紬に縋るなり、「アシュも！」とグイグイ頭を押しつけてくる。自分の頭も撫でてほしいということだろう。

アスランのやわらかな髪を撫でてやりつつ、グズりはじめたフランツを抱き上げようとそちらに手を伸ばした時だった。

「だめ！」

アスランがフランツを平手で、パシン！　と叩く。

「アスラン！」

フランツはびっくりして目を見開いた後、大声で泣き出した。それを聞いたルドルフもつられて泣きはじめる。そんな双子の大合唱に狼狽える紬などお構いなしに、アスランはなおも「アシュも、だっこ！」と自らの主張をくり返した。

「かあさま。かあさま」

その上、紬が応じないと見るや、無理矢理足をよじ登ろうとしたり、腰にしがみついてぶら下がったりとやりたい放題だ。今すぐ双子をなんとかしなければと焦っているのに、そんなことをされたら身動きが取れない上に危なくてしかたがない。

つい「だめでしょう！」と頭ごなしに叱りそうになり、すんでのところで飲みこんだ。

自分だってそんなふうには言いたくないし、言われたアスランがどんなにしょんぼりするかは想像がつく。そうなったらかわいそうでとても見ていられない。

とにかく今は早く泣き止ませなくてはと、両足を踏ん張ってフランツを抱き上げる。

けれど、それがアスランには我慢ならなかったようだ。

「かあさま！」

「アスラン。母様は今、なにしてる？　ね、今は無理だよ」

「やー！　アシュも！　アシュも！」

「アスラン。お兄ちゃんなんだから我慢して」

強めに名前を呼ぶと、アスランはビクッと肩をふるわせた。みるみるうちに顔を歪め、

「いやー！」と喚きながら力任せに花瓶の乗ったサイドボードを叩く。一抱えもある花瓶がグラリと傾いたのを見た瞬間、恐怖で頭の中が真っ白になった。

「アスラン！　危ない！」

「ツムギ様！」

とっさにフランツをベビーベッドに戻し、無我夢中でアスランに駆け寄る。上から覆い被さるようにして小さな身体を抱き締めたのと、背中に花瓶の水がかかったのはほぼ同時だった。

その冷たさにハッとなったのも束の間、ガン！　という強い衝撃が遅れてやってくる。あまりの痛みに息が止まり、紬は声もなく目を見開いた。甲高い音が追いかけてきたのはその直後だ。見れば、床に落ちた花瓶が粉々に割れていた。

「……っ！　アスラン、大丈夫だった？」

慌てて無事を確かめる。見たところ、破片が飛んできたような形跡もなく、特に怪我もないようだ。

「……良かった……」

ほっとしたのも束の間、自分の下から這い出したアスランの次の行動を見て目を疑う。彼は、床に散らばった薔薇を手当たり次第に鷲掴みにし、乱暴にふり回したり、投げ散らかしはじめたのだ。

それを見た瞬間、これまでこらえていたものが一気にあふれた。

「アスラン。なにするの、やめて！」

その花はオルデリクスからの贈りものだ。一番香りの良いものをとリートに命じ、活けてくれた大切なものだ。それを力任せにめちゃくちゃにされ、自分の中でなにかがプツンと音を立てて切れた。

「だめでしょう！　アスラン！」

紬の一喝にアスランは目を丸くした後、「わああああ」と火がついたように泣きはじめる。それがまた疲れた神経を逆撫でした。

「泣きたいのはこっちだよ。なんでこんなことしたの！」

床には無残に花びらが散らばり、茎まで折れた花々はもはや見る影もない。

私室の花同様、子供部屋のこの薔薇も毎朝香りを楽しんだ紬の心の支えだった。オルデリクスのやさしさに触れているようで、とても大切にしていたものだったのだ。

泣きじゃくるアスランの隣で紬もまた顔を覆う。

「大変申し訳ございません。すべては乳母である私の責任でございます」

ミレーネが声を絞り出すようにして深々と頭を下げる。とてもそうは思わなかったが、今は気持ちの余裕のなさから首をふることしかできなかった。

泣き喚くアスランがミレーネたちにつき添われて部屋を出ていく。

「ツムギ様、ここはわたしたちが。どうぞお部屋でお休みくださいませ」

背中を拭いてくれたマリーナに勧められ、そうさせてもらうことにした。いまだに泣き止まない双子たちの顔を覗きこみ、額に順番にキスをする。

——こんな母様でごめんね。

言葉にする勇気さえなくて、心の中でそっと詫びた。

侍女が部屋までお供しようとしてくれたが、ひとりになりたいと頼んで外してもらった。私室に戻っても詮ないことばかり考えてしまいそうで、少し風に当たりたかったのだ。

主塔を出て、広々とした城の庭に足を向ける。

けれどいくらも歩かないうちに、靴底を通して伝わってくる懐かしい感触に紬はハッと地面を見た。土だ。石造りの城の中とは違う、やわらかな土の感触にふと昔を思い出す。子供の頃はよく土手や公園を走り回って遊んだっけ。

こうして散歩をするのはどれくらいぶりだろう。

太陽の光を浴びることさえ長い間していなかった。鳥の囀《さえず》りに耳を傾けることも。花を飛び回る蝶を目で追うことも。自分に与えられた役目をこなすことでいっぱいいっぱいになるうちに、それ以外のすべてを自分から遠ざけてしまっていた。どうりで視野も狭まるはずだ。

もう一度落ち着いて向き合おうと、紬は顔を上げる。

そこには、眩しいほどの青空がどこまでもどこまでも広がっていた。

「なんてきれいなんだろう……」

空があんなに青かったなんてもうずっと忘れていた。こうして見つめているだけで目に染みて涙が出そうだ。

紬は大きく息を吸いこみ、自分の中の澱を捨て去るつもりでゆっくりと吐き出した。

少しずつトゲトゲとした気持ちが収まってくるに従い、今度は入れ違いに罪悪感で胸がジクジクと痛み出す。

――だめでしょう！　アスラン！

大きな声で頭ごなしに叱ってしまった。目をまん丸にして怯えるアスランの顔が脳裏に焼きついて離れない。

――泣きたいのはこっちだよ。なんでこんなことしたの！

その上、自分の感情をぶつけるような真似をしてしまった。三歳の子供がそんなことを言われても理解できるわけがない。ましてや受け止めることなんてできないのに、それをわかっていながら投げつけた。

「ひどい母親だ………」

やりきれない思いに唇を噛む。自分でもどうすればいいかわからなかった。

アスランに対して、ずっと「どうして」で頭がいっぱいになっている。

どうしてあんなに我儘を言うのか、どうして言うことを聞いてくれないのか。どうしてひとりでできていたことをやってもらいたがるのか、どうして自分を困らせるのか。

一度や二度のおねだりなら「しょうがないな」と思えても、積もり積もってもう限界だ。

その証拠にとうとう爆発してしまった。次もまた同じことをしてしまいそうな自分が怖い。いや、次はなにを言ってしまうかわからない。

——だめだ。感情に任せてばかりじゃ、あの子を傷つけてしまう。

自分の気持ちをいったん横に置いて、紬はもう一度大きく深呼吸をした。

自分は、あの子の母親だ。たとえ血はつながっていなくとも、生まれた世界が違っても、大切な家族のひとりだ。自分をあるがまま受け入れてくれたアスランを、どうして自分が邪険になんてできるだろう。

「……行かなきゃ」

ぎゅっとこぶしを握る。気づいた時にはもと来た方へ駆け出していた。

アスランはきっと心細い思いをしているはずだ。不安を抱えているはずだ。せめて一言「ごめんね」を言って抱き締めてあげなければ。

アスランの部屋に着くと、ミレーネが迎えてくれた。

「ツムギ様……?」

さっきの今で紬がやってくるなど思いもしなかったのだろう。

けれど彼女はすぐに身を低くし、頭を垂れた。

「先ほどは大変申し訳ございませんでした。私の処分でしたら如何様《いかよう》にも」

「そんなふうには思ってませんよ。……さっきのは、ぼくが悪かったんです。ミレーネはほんとうに良くしてくれています。いつもありがとう」

「ツムギ様」

それでもまだ、ミレーネは真意を探ろうとするようにじっとこちらを見つめてくる。

「アスランに、謝りに来ました」

そう言うと、彼女は驚いたように眼鏡の奥の目を見開き、それからふわりと微笑んだ。その目にいつもの彼女らしい生き生きとした光が戻るのを見て、これが正しい行動だったのだと確信する。

「アスラン様でしたら、ベッドで蓑虫《みのむし》のようになっておいでです」

「蓑虫？」

「泣き疲れるといつもあのように」

案内された寝室のベッドがこんもりと盛り上がっている。頭からシーツを被り、身体を丸めたアスランが籠城《ろうじょう》しているのだ。時々すんすんと鼻を啜る音がした。

「アスラン様。ツムギ様がいらっしゃいましたよ」

ミレーネの呼びかけにシーツの山はピクリと反応したものの、もぞもぞと動いたきり、アスランが出てくる気配はなかった。無理もない。それだけ不安でいっぱいなのだ。

怖がらせないようにゆっくりと歩み寄ると、紬はベッドの傍らに立った。

「アスラン。さっきはごめんね。母様、言い過ぎちゃった」

アスランがそーっと顔を出して上目遣いにこちらを見る。

けれど完全にいじけているのか、すぐにまた布団の中に戻ってしまった。

「アスラン。母様とお話しよう」

「や」

決意のこもった拒絶に一瞬怯む。

それでも、反応してもらえただけ良しと言い聞かせて紬は心を奮い立たせた。

「母様、アスランのかわいいお顔が見たいな。見せてくれる？」

「や」

「じゃあ、かわいいお手々を出してほしいな。母様とお手々つなごう？」

「や」

「それなら、そのままお話ししようか。アスランはどんなお話がいい？　それとも絵本を読もうか。母様は、ほんとうはアスランをお膝に乗せて読んであげたいけど」

「や！」

「……そっか。アスランは、今は母様といたくないんだね。じゃあ、母様はもう……」

引き寄せた。


「いやー！」

アスランがガバリと飛び起きる。そうして紬の腕を掴むと両手でグイグイと自分の方に引き寄せた。

「かあさま、かえっちゃだめ」

「やっとこっちを向いてくれたね。アスラン」

「かあさまは、ここにいるの！」

「うん。わかった。ここにいる。……ねぇ、アスラン。抱っこしてもいい？」

顔を覗きこむと、オルデリクスと同じ琥珀色の瞳が小刻みに左右に揺れている。彼なりに葛藤《かっとう》しているのだろう。それでもやさしく頬に触れられると安心したのか、アスランはこくんと頷いた。

「じゃあ、お邪魔します」

ベッドに腰かけ、膝の上にアスランを座らせて向かい合わせに抱き締める。

鎖骨の辺りにグリグリと頭を押しつけたアスランは、たくさん泣いた疲れもあってか、ほどなくしてそのまま眠ってしまった。

「……かあ、さま……かえっちゃ…、だめ……」

寝言に胸がぎゅっとなる。

この小さな身体をどれだけ不安でいっぱいにしていたのだろう。そう思うとたまらなかった。そんなふうにさせてしまったのはこの自分だ。自分が双子のことも、彼のことも、王妃としての仕事も、うまくやりくりができなかったから。

「ごめんね。アスラン」

――もっとちゃんとするから。うまくできるように頑張るから。

くったりと力の抜けた身体をもう一度抱き締め、額にキスを贈る。そうしてアスランをベッドに寝かせると、彼の世話をミレーネに頼んで紬は部屋をあとにした。

長い廊下を歩きながら紬は自問自答に沈む。

頑張りたい。頑張らなければ。

でも、どうやったらアスランの不安を払拭《ふっしょく》してあげられるだろう。どうやったらもとのアスランに戻れるだろう。そしてどうしたら、自分の気持ちをコントロールできるようになるだろう。わからないことだらけだった。

「……はぁ」

長いため息をついたその時、ふと名前を呼ばれた気がして顔を上げると、遠くからオルデリクスがやってくるのが見えた。

「ツムギ」

数人の侍従を連れている。公務の最中なのだろう。

「オルデリクス様。今日は謁見があるのでは……」

「融通させた。それよりおまえに大事な話がある」

従者たちを少し離れたところで待たせると、オルデリクスがこちらにやってきた。その表情は硬く、『大事な話』と言われたことともあいまって良くない報せかと胸がざわつく。無意識のうちに身構えていたのだろう。オルデリクスがわずかに目を眇めた。

「ギルニスから話を聞いた。やつを通してミレーネからも」

「え？」

「このところ、アスランが我儘を言っておまえをひどく困らせていると。さっきもあれのせいで落ちてきた花瓶で背中を打ったそうだな。怪我はなかったか。痛みはどうだ」

「い、いえ。そんな……」

わざわざ心配してもらうような話ではない。

なんでもないのだと示そうとする紬に、オルデリクスは眉間の皺をさらに深くした。

「自分を後回しにするのはおまえの良くない癖だな。だが、そうせざるを得なかったのは俺の不徳の致すところだろう。気づいてやれなくてすまなかった」

王として、また息子に生き様を示すものとして邁進せんとするあまり、家族をきちんと顧みることができていなかったとオルデリクスは真摯に詫びる。そんな彼を心配したギルニスから「耳に入れておく」と話を聞いてとても驚いたのだそうだ。

アスランが陥っているのは幼児退行、いわゆる『赤ちゃん返り』というものらしい。

「赤ちゃん返り……」

言葉としては聞いたことがある。

「ルドルフとフランツが生まれて、おまえの愛情を独り占めできなくなるかもしれないと不安になったのだろう」

「そんなことで？」

「それだけ、アスランの中でおまえの存在が大きくなっていたのだろうな。生みの親ではなかったとしても」

言われてみれば覚えがあった。

「かあさまは、アシュの！」と駄々を捏ねたのも、今思えば紬を独り占めしようとしてのことだろう。「だっこして」とせがむのも、「たべさせて」とねだるのも、紬が自分に心を砕いてくれることを確かめたかったのかもしれない。

子供というのは大人が思う以上に敏感だ。環境が変わっただけでも不安定になることがあると聞いてハッとした。

この一年は、彼にとってどれだけ変化の連続だったことだろう。

ある日、なんの前触れもなく異世界から人がやってきて、父親と結婚して母親になった。両親の間には子供が生まれ、今や城内は双子にかかりきりになっている。そのすべてを、三歳の子供に受け止めろと言う方が無理だ。

「ぼく……わかってあげられてなかった………」

はじめての妊娠出産、その後の育児で頭がいっぱいで、アスランが抱える不安や寂しさにきちんと気づいてやれなかった。大人のようにうまく言葉にすることのできない彼が、精いっぱい表現したものをただの我儘だと思っていた。

――アスラン……。

己の至らなさを悔いていると、「ツムギ」とやさしく名前を呼ばれる。

「責めるべきはおまえではない。この俺だ」

「オルデリクス様こそ、なにを」

「おまえが良くやってくれていることは城の誰もが知るところだ。ミレーネもマリーナも口を揃えて断言する。ギルニスもリートもエウロパもそうだ。おまえのおかげで子供らは安心して過ごすことができるのだ。礼を言う」

「いいえ。ぼくなんて……」

とっさに首をふったものの、オルデリクスは構わず続けた。

「なにか困ったことがあれば、力を合わせてふたりで乗り越えていかなければならない。それなのに俺はおまえひとりに背負わせてしまった。……辛かったろう。よく、頑張っていてくれたな」

大きな手で両の頰を包まれ、思わずほうっとため息が洩れる。おだやかな労りの言葉が慈雨のように心に染みた。

ずっと、自分がなんとかしなくてはと思っていた。

それなのにアスランは我儘になるばかりだし、子供たちが泣いてもうまくあやせないし、どうしたらいいのかわからなくてほんとうはとても怖かった。もがくばかりの毎日だった。焦っていたのだ。とても。とても。とても。

「ツムギ」

もう一度やさしく名を呼ばれ、導かれるようにして顔を上げる。目と目が合った瞬間、胸がぐうっと熱くなった。

こんな自分のすべてを受け入れてくれる人。

なにがあっても必ず味方になってくれる人。

「オルデリクス様……」

その存在の大きさが、硬く張り詰めていた心をやわらかに解かす。……あぁ、そうか。自分はわかってほしかったのだ。焦らなくていいと言ってもらいたかったのだ。

気持ちがストンと落ち着いたと同時に、長らく抱えていたもやもや苛立ちがすうっとどこかへ消えていく。

「オルデリクス様は、どうしてぼくのほしい言葉がわかるんですか。いつもぼくを甘やかしてばかり」

ふるえる声に涙が混じる。大切なものを慈しむように引き寄せられ、逞しい腕に包みこまれて、強張っていた身体から力が抜けた。こんなにも安心できる場所なんて他にない。あたたかい胸に頬を押し当て、紬は思う存分愛しい匂いで己を満たした。

そうしているうちに、少しずつ気持ちも落ち着いてくる。

「なんだか、ぼくまで子供みたいですね。抱っこしてもらってうれしがるなんて……」

「それでいい。俺も役得だ」

子供にするようにトントンとやさしく背中を叩かれ、何度も撫で摩られる。じんわりと染みてくる彼の体温がうれしくて涙が出そうになった。

——この人で良かった………。

言葉にできない想いが胸を突く。

ゆっくりと顔を上げると、オルデリクスは「大丈夫だ」というように額にキスをくれた。深く愛し合った後、いつも眠る前にくれた「おやすみ」のキスだ。「愛している」のキスでもある。

「これからは、俺もできるだけ子育てに関わるようにしよう」

「でも、オルデリクス様にはお仕事が……」

「それを言ったらおまえも同じだ。公務が増えているだろう。歴代の王は全部乳母任せで子育てをしたことがなかったからな。俺が新しい伝統を作ってやる」

オルデリクスはそう言ってニヤリと笑う。得意げな笑みがなんとも頼もしい。

だから紬も気持ちを切り替えて、彼の手を取ることに決めた。

「それなら、ひとつご提案してもいいですか」

「提案？」

「一緒に、経験者から教えてもらうのはどうでしょう。ふたりとも子育ては新米ですし、力を合わせていくにはベースが同じだと心強いと思うんです」

「なるほど、一理《いちり》ある。ならばさっそく手配させよう」

オルデリクスは待機させていた侍従を呼び寄せ、紬のスペシャルケアチームへの要望を伝える。もちろん、それらを監督するようギルニスへの指示も忘れない。

あれよあれよという間に話が進んでいくのを紬はぽかんとしながら見守った。

なんというスピード感だろう。あんなに悩んでいたのが信じられない。みるみるうちに目の前は晴れ渡り、心がすうっと軽くなった。アスランのことも、双子たちのことも、なにもかもがこれからなのに、愛する人が味方でいてくれると思うだけで世界はこんなにも輝いて見える。

「オルデリクス様がいてくださって良かったです」

「それを言うなら、俺と結婚して良かったと言え」

「ふふふ。ほんとうに……。愛してます、オルデリクス様」

「あぁ、俺もだ」

そっと唇が塞がれる。

それは傷口に貼る絆創膏《ばんそうこう》のように、紬の心をやさしく包みこむのだった。

かくして、紬とオルデリクスは『子育て一年生』として奮闘をはじめた。

国王夫妻が積極的に子の養育に関わろうとしているという話はスペシャルケアチームを通して城内に広がり、瞬く間に都にも知れ渡った。

王室はじまって以来のことだけに、民の目にはずいぶん新鮮に映ったようだ。国の護り神であるオルデリクスは身近な存在であったと好意的に受け止められ、ますます求心力を高めているとギルニスから聞いた。

そんなケアチームのメンバーであるマリーナからは乳児の世話全般について、ミレーネからは赤ちゃん返りをした幼児のケアについて、ジルからは王族教育のあり方について、それぞれイロハを教えてもらう。

すぐにでも手当てが必要なアスランのことは遠回りだがまずは座学が中心だ。きちんと子供の心理を理解し、今度こそ間違わないようにしなければならない。反対に、双子たちのケアは実践トレーニングで経験を積む。そうしてみてはじめてマリーナが「育児は慣れです」と言った意味がよくわかった。

場数を踏むほどに状況に応じた判断ができるようになり、身体に染みこませることで考えるよりも先に手足が動いた。少々のトラブルにも動じなくなり、その分子供たちの様子を悉《つぶさ》に観察できるようにもなった。

なによりうれしかったのは、そのすべてをオルデリクスと共有できることだ。今までも一日の終わりにその日の出来事を伝えてはいたけれど、やはり同じ体験ができるというのは格別だった。

今日もいつものように午後の政務を終え、オルデリクスとともに子供部屋を訪れた紬は、双子たちの朝の様子についてミレーネから報告を受けた後でベビーベッドを覗きこむ。ふたりは起きていたようで、両親の訪問にうれしそうにきゃっきゃっと笑った。

「かわいいねぇ、ふたりとも」

ついつい頬がゆるんでしまう。

見れば、オルデリクスも同じだ。愛息の前では彼もこんな顔をするらしい。紬の視線に気づいたのか、オルデリクスは口に手を当ててわざとらしく咳払いをした。

「今日は、俺がフランツを見よう」

「それならぼくはルドルフを。……生まれた時からオルデリクス様似でしたけど、最近は顔を見るたびどんどん似ていくような気がします」

「小さな俺を世話しているつもりではあるまいな」

オルデリクスが苦笑に顔を顰める。それに「まさか」と笑って返しながらも、心の中でこっそり同意したのは秘密だ。

くすくすと笑いながらルドルフを抱き上げ、傍の椅子にかけてミルクを飲ませる。よほどお腹が空いていたのか、ルドルフは紬の指を握り締めながら「んくっ、んくっ」と勢いよく喉を鳴らした。

「すごいね、ルドルフ。もうなくなっちゃった」

あっという間にミルクが空《から》だ。

日を追うごとに食欲を増し、身体も力も泣き声さえもどんどん大きくなっていく。我が子が元気に育つ姿はなんとうれしいものだろう。しみじみとしあわせを噛み締めながら、紬はルドルフの背をトントンと叩いてげっぷを促した。

かわいい息子を抱っこしながらゆらゆらゆらと身体を揺らす。

けれどルドルフは眠るどころか「んんん」と唸りながらグズりはじめた。足をバタバタ動かしてみたり、身体を仰け反らせたりと落ち着かない。かと思うと泣き出し、泣き止み、また泣いてと短いサイクルでくり返す。

「うんうん。眠たいね。大丈夫だよ、ルドルフ」

ルドルフを落とさないよう注意しながら紬は小さな背をやさしく撫でた。

少し前の自分だったら「お腹いっぱいなのに泣くなんて……」と焦ったりもしたけれど、今は眠いから泣くのだとわかる。大人ならためらいもなく眠ってしまうものなのに、子供というのはほんとうに自分の変化に敏感だ。

だから紬はマリーナに教わったとおり、自分もリラックスできるよう抱き方を変えた。まずは自分が落ち着くこと、そして余裕を持つことだ。

するとどうだろう。これまで自分ではどうにもできず、マリーナや侍女たちに代わってもらっていたのが嘘のようにルドルフのグズり泣きが止まったではないか。

　思わず声を上げそうになるのをこらえて紬は真っ先にオルデリクスを見た。

「見てください、オルデリクス様。ルドルフがあっという間に泣き止んだんです」

　フランツを腕に抱いていたオルデリクスが顔を上げる。

「大したものだ。……あぁ、安心しきった顔だな。いい子だ。もう眠たいか」

「何度も泣いたから疲れちゃったね。母様が抱っこしてるから、このまま眠っていいよ」

　揺り籠になったつもりで揺れていると、今度はオルデリクスが声を上げた。

「ツムギ。見ろ、フランツがミルクを空にした」

「えっ。ほんとうですか。……わぁ、ほんとだ。すごい！」

　眠りはじめたルドルフを起こさないように小声で叫ぶ。小食のフランツがミルクを全部飲むなんてはじめてのことだ。オルデリクスの腕の中でよほど安心したのだろう。

「それでこそ我が息子だ」

「いっぱいミルク飲んで偉かったね。父様にお世話してもらえて良かったね、フランツ」

　薔薇色の頬をちょんとつつく。そのもっちりすべすべな手触りといったら、いつまでも撫でていたくなるほどだ。

オルデリクスが慣れた手つきでフランツをまっすぐに抱え直し、トントンと背中を叩く。

「けふっ」というかわいい声に思わず顔を見合わせて笑ってしまった。

「子供を育てるって、こんなにいいものなんですね」

「大変なこともたくさんあるが、それも含めて尊い仕事だ」

ぐっすり夢の中のルドルフと、うとうとしはじめたフランツをベッドに戻す。これからしばらくはお昼寝の時間だ。

その間にオルデリクスは書類確認、紬は資料整理の仕事がある。だから急いで執務室に戻らなくてはいけないのだけれど、天使のような顔ですやすやと眠る我が子を見ていたら離れがたくて、ついつい長居をしてしまうのだった。

とはいえ、政務を疎《おろそ》かにするわけにもいかない。

「そろそろ行きましょうか」

後のことをマリーナに頼み、後ろ髪引かれる思いで執務室に戻ると、すでにギルニスが待機していた。ふたりの帰りを今か今かと待ち構えていたに違いない。

「すみません。お待たせしてしまって……。お仕事ですよね。今すぐ！」

慌てて駆け寄る紬にギルニスが噴き出す。

「そんなデレデレした顔で言われてもな。どうだった、王子様たちのご機嫌は」

「え？　あぁ、それがもう、ふたりとも今日もとってもかわいかったですよ。ルドルフはますます大きくなってきましたし、フランツなんてミルクを全部飲んでくれて！　ほっとしました。これで残りのお仕事も頑張れます」

さぁ、いくらでも！　と腕捲りをしてみせると、なぜかギルニスは肩を竦める。

「そのやる気を歓迎したいところではあるが……。国王夫妻を働かせすぎだって声もチラホラあってな」

「え？　そうでしょうか？」

思わずオルデリクスと顔を見合わせ、それを見たギルニスがまたも噴き出した。

「揃いも揃ってワーカホリックなやつらだな。毎日二時間しか寝てないらしいじゃないか。子育てはこれからもずっと続くんだぞ。そんなに根《こん》を詰めてたら今に倒れる」

「でも……」

一度として同じ日はないし、日々成長していく子供たちの姿を目に焼きつけておきたい。かといって仕事も疎かにはしたくない。できる限りのことをしたい。

そう言うと、ギルニスはやれやれというようにオルデリクスを見た。

「いい嫁をもらったもんだな、オルデリクス」

「おまえにはやらん」

「誰がそんな怖ろしいこと言うかよ。それより、おまえは少し休め。思いきって丸一日」

思いがけない言葉に首を傾げる。オルデリクスも同様だ。

「どういう風の吹き回しだ。この俺に政務を休めと？」

「王だってひとりの男なんだろ。おまえが言ったんじゃないか、紬を口説く時に」

「ギルニス！」

すぐさま大声で話を遮るオルデリクスに、ギルニスがそれを上回る大声で笑った。

「生憎《あいにく》と、俺は物覚えはいい方なんだ。おまえもよく知ってるだろ」

「面倒な男だ。側近でなければ放り出している」

楽しそうに笑うギルニスに、オルデリクスは苦虫を噛み潰したかのように顔を顰める。

これを見て平気でいられるのは幼馴染みのギルニスぐらいのものだ。ひとりぽかんとしていた紬だったが、言葉の意味を理解するなりじわじわと気恥ずかしさがこみ上げた。

「えーと、オルデリクス様。せっかくですし、お休みをいただいてはどうですか」

「ツムギ。おまえまで」

「明日は謁見の予定もない。休暇を取るのにうってつけだ。チビたちの世話もマリーナに任せておく。心配すんな」

「あの、子供たちの面倒ならぼくが……」

「なに言ってんだ。おまえも一緒に休むんだぞ、ツムギ」

「え？　ぼくもですか？」

てっきり、自分はいつもどおりだと思っていたけれど。

「おまえだけ働かせたら俺が殺されるだろ。ふたりで離宮で息抜きして来い。今夜泊まれるように準備をさせてる」

「えええ」

驚きのあまりオルデリクスを見、それからギルニスを見、もう一度オルデリクスと顔を見合わせていると、そこへリートがやってきた。

「お呼びでございますか……、って、わぁ！」

案の定、ギルニスの姿を見るなり、ぴゃっと紬の後ろに隠れる。本人を目の前にするとどうしても本能的に飛び上がってしまうらしい。草食獣人というのは難儀《なんぎ》なものだ。

顔を顰めるギルニスにペコペコ謝りつつ、リートは「離宮へお供させていただきます」と紬たちに会釈する。聞けば、休暇はリートの発案でもあるらしい。

「ツムギ様はほんとうに頑張っていらっしゃいます。ご公務だけでもお忙しいでしょうに、専属料理人としてのお仕事や、王太子殿下たちのことまで……。ぼく、尊敬しています。でもお身体も心配なので」

「リートは過保護だなぁ。ぼくはまだまだ大丈夫だよ」

「そう言ってるうちに倒れちゃうんですから。ギルニスさんだってこの間……」

「おい、兎！」

「ヒッ」

ギルニスに後ろから羽交い締めにされ、口を塞がれて、リートはもごもごしながら目を丸くした。紬も思わず耳を疑う。

「ギルニスさん、倒れたんですか！」

「違う。武術の稽古の帰りに腹が減って座りこんでいただけだ。それをこいつが倒れたの倒れないのって大騒ぎしやがって……おかげで後始末が大変だったんだからな」

「あの日、ぼくの分のご飯まで食べちゃったじゃないですか」

「うるさい。腹癒《はらい》せだ」

「ううう……ひどい……」

半泣きのリートなどお構いなしに、ギルニスは顔を上げてこちらを見た。

「わかったろ。倒れる前にエネルギー補給しろってこった。ほら、行った行った」

手を叩いて急かさる。強引なのがおかしくて、つい笑ってしまいそうになるのをこらえ、紬はオルデリクスとともにドアへ急いだ。

部屋を出る直前、オルデリクスが優秀な側近をふり返る。

「頼んだぞ」

「任せとけ。帰ったら、またしっかり働いてもらうからな」

「もちろんだ」

「では、陛下。ツムギ様。お供させていただきます」

リートに促されて部屋を出た。

わくわくと胸を高鳴らせながら敷地の端に建つ離宮へ向かう。

「なんだか思いがけないことになりましたね」

そっと隣を歩くオルデリクスに話しかけると、彼は嘆息でそれに応えた。

「まったく、あいつはいつも突拍子もない……」

「たまにはいいじゃないですか、こんなプレゼントも。丸一日の休暇なんて王妃になってはじめてです。オルデリクス様もでしょう？」

「おかげで落ち着かん」

顔を顰めるオルデリクスに笑いを誘われつつ庭を横切る。その途中、咲き乱れる薔薇の花を見てふとアスランのことを思い出した。

彼が力任せに投げた花。オルデリクスからの贈りもの。

紬は足を止めると、あの時してやれなかった代わりにそっと薔薇の花弁《かべん》を撫でた。

「アスランは、今日はいい子でいてくれるでしょうか。一日だけでも離れると思うと落ち着きませんね」

「近いうち、一緒に庭を散策する機会を作ろう。植物はどのように根を張り、育つのか。ローゼンリヒトにとって薔薇はどのような意味を持つのか、きちんと知ることができればあれも考えを改めよう」

「ええ。ぜひ」

薔薇にキスをして立ち上がる。

広々とした庭園を抜けた先、蔦《つた》の絡む煉瓦色《れんがいろ》の建物があった。あれが離宮だ。柵《しがらみ》の多い生活を強《し》いられる王族の避暑や気晴らしなどを目的に建てられたものだそうで、部屋数こそ少ないけれど、その分ゆったりとした開放的な造りだ。ここなら政務に関わる部屋がないため、オルデリクスに思いきりのんびり過ごしてもらえる。

紬たちを広い部屋に案内したリートは、お茶を入れると、「なにかございましたらこちらでお呼びください」と真鍮製《しんちゅうせい》のベルを手渡して出ていった。彼は離宮の中にある、使用人控えで待機してくれるのだそうだ。

静かに扉が閉まるなり、ふたりは顔を見合わせどちらからともなく微笑んだ。

「なんだか不思議な感じです。いつもは周りにたくさんの人がいましたから」

「いい静養になる」

淡いブルーでまとめられた感じの良い部屋をぐるりと見回す。窓から差しこむ日差しがいつも以上に明るく思えて、紬はそっと目を細めた。

「たまには、こうしてゆっくりするのもいいものですね。オルデリクス様とお茶を飲んだことなんて数えるほどしかありません」

「そうだったか。だが毎日顔は合わせているだろう」

「それはそれ。これはこれです。だってデートみたいなものですから」

そう言うと、オルデリクスが目で「なんだそれは」と問うてくる。

「好きな人と一緒に出かけたり、お茶を飲んだりして、親睦を深めることです」

「ほう。確かに、おまえは城の中にいることが多かったな。一緒に出かけたのはアドレア王の戴冠式に参列した時ぐらいか」

「だから今、とってもうれしいんです」

「なるほど。覚えておこう」

紬はティーカップを傾けながら、あらためてしみじみと思い返した。

「こんなふうに誰かとお茶を飲むこと自体、祖母が元気だった頃以来です」

よく縁側に並んでほうじ茶を啜ったっけ。祖母は料理が上手な人で、とりわけおはぎは絶品だった。渋いお茶によく合い、夢中になっていつも食べすぎたものだった。

今はもう亡くなってしまったけれど、紬に料理の大切さを教えてくれた人であり、心の支えでもある。

懐かしく思い返していると、あたたかなものが頬に触れた。見れば、オルデリクスが気遣わしげな顔で手を伸ばしている。

だから紬は安心させるように小さく首をふった。

「大丈夫ですよ。思い出していただけで、泣いたりしていません」

「ならいい。……せっかくだ。おまえの話を聞かせてくれ」

「ぼくの、ですか？　大してお話しするようなことも……」

途中まで言いかけ、オルデリクスの顔を見て考えをあらためる。自分をもっと理解しようとしてくれているのだ。差し伸べられた手は取ると決めた。

「じゃあ、せっかくなので、ぼくとおばあちゃんが好きだったお茶の話を」

紬はお茶の味や香わい、茶碗の好み、さらにはお茶菓子に至るまで思いつくままに話しはじめる。そのほとんどがこの国にはないものだ。オルデリクスには想像するのも難しいだろう。それでも彼は楽しそうに頷きながら聞いてくれた。

「和菓子というのは甘いのか」

「お菓子ですから。でも、バターや生クリームは使いませんから、あっさりしている方だと思いますよ。オルデリクス様も一度試してみますか？」

「いや。遠慮しておく」

オルデリクスが顔を顰める。

甘いものが苦手な彼は、晩餐会などで出されるこの国の伝統菓子を目の敵《かたき》にしている。砂糖とバターとアーモンドプードルをふんだんに使って作られるそれは、好き嫌いのない紬でも半分食べるのがやっとだ。オルデリクスなどいつも一口でダウンしている。

それを知らず、この国の食文化を学ぼう、この国に馴染もうとした頃の自分が料理人に教わってまで作ってオルデリクスに差し入れた菓子でもある。今思えば悪いことをした。

「ほんとうはご迷惑だったでしょう」

くすくす笑いながらそちらを見ると、オルデリクスはなんとも言えない顔をした。

「おまえが作ったものを残すわけがない」

「それでも早く言ってくだされば良かったのに」

「それで差し入れがなくなったら嫌だろう」

当然のように言われてついつい噴き出す。

「オルデリクス様、かわいい！」

「国の王を捕まえてかわいいとはなんだ、かわいいとは」

「今はデート中ですよ。王様じゃなくて、オルデリクス様です」

ひとりの男性として向き合ってくれているのでしょう？

目で促すと、オルデリクスは「おまえは……」と言いながらも頬をゆるめた。

「オルデリクス様は、小さい頃から甘いものが苦手でした？」

「あまり覚えてはいないが……おそらく、普通に食べていただろうな」

「そういうお話、もっと聞きたいです。小さい頃のオルデリクス様のこと」

「なんだ。今の俺でなくていいのか」

拗ねたような顔にまた噴き出す。

「もちろん、それももっと知りたいです。じゃあ、子供の頃のお話はエウロパさんに伺いますね」

「やめろ。ツムギ」

間髪入れずに止められて、紬はとうとう声を立てて笑った。

暴露されて困ることでもあるのだろうか。もしそうだとしても、それをあのエウロパが口にするとは思えないし、実を言えばすでにたびたび小さな頃の話を聞いている。

そう言うと、オルデリクスは複雑そうな表情で顔の下半分を手で覆った。照れている時の彼の癖だ。

「ふふふ。オルデリクス様とこんなお話ができるなんて」

「まったく。デートというものは油断ならん」

ぼやくオルデリクスにまたも笑いを誘われつつ、紬はお茶のお代わりを入れに席を立つ。

薔薇の香りのするお茶で、とても気に入っているものだ。

お盆にふたり分のティーカップを載せて戻ると、オルデリクスは窓から外を見ていた。てっきり庭の薔薇でも楽しんでいるのかと思いきや、横顔を見る限り違うらしい。

「どうぞ」

お茶を差し出すと、オルデリクスは険しい表情をふっとゆるめた。

「お仕事のことを考えていたんでしょう？」

「お見通しか」

「だって、筋金入りのワーカホリックですもん。なにか気がかりでもあるんですか？」

オルデリクスは少し迷うような表情をした後で、「やはり伝えておく」と続ける。

「せっかくの休暇にこんな話をするのもどうかとは思うが、明日は時間が取れるかわからない。だから今のうちに耳に入れておく――ゲルヘムのことだ」

「……！」

少し前、ギルニスに言われたことが脳裏を過った。

三国同盟が結ばれ、アドレア軍が常駐するようになった結果、ゲルヘムは国として少しずつ軌道修正されつつあると聞いた。それでも、内紛が起こるかもしれないと。

そう言うと、オルデリクスは小さく頷いた。

「ギルニスが伝えてくれていたのなら話は早い。俺たちも暴動の余波に備えてその動向を注視していたところだ」

「じゃあ、やっぱり……」

「いや。それがどうも様子が違う」

三国干渉を屈辱としたゲルヘム王が国内の締めつけを厳しくした結果、国家に刃向かうのではなく、もはやここにはいられないと国を捨てる龍人が出はじめているのだそうだ。

「国を捨てるって……亡命ということですか」

「そうなるな。その多くは隣のサン・シット国に逃げこんでいるようだが、長らく中立を保ってきたあの国がいつまでも難民を受け入れるとは考えにくい。そんなことをすれば、ゲルヘムに『人民奪還《じんみんだつかん》』を理由に攻めこむ機会を与えてしまう」

軍隊も持たない中立国が気性の荒い龍人に戦争をしかけられたらひとたまりもない。

大手をふって受け入れることはできず、かといって追い出すこともできず、苦慮しているに違いない。

「いずれ周辺諸国にも亡命者は押し寄せるだろう。そうなれば、三国はゲルヘムに対して人道的措置の観点から追加制裁を科さねばならなくなる。だが、それは同時にさらなる国内の軋轢《あつれき》を生むことにもなる。悩ましい問題だ」

「そんな……」

バーゼル川を挟んで東と西。いったいいつまでこの緊張は続くのだろう。

不安が顔に出ていたのか、オルデリクスはそれを払拭するように首をふった。

「黙って指を咥えて見ているつもりはない。是正に向けて三国間で連携していく。だが、なにかあった時のために心構えだけはしておかなければな」

ギルニスが休暇をくれたのも、いずれ遠からぬうちに訪れる山場に備えて休んでおけという意味だったのかもしれない。ひとり動揺していると、席を立ってこちらにやってきたオルデリクスに後ろからやさしく抱き締められた。

「安心しろ。国とおまえを守ることが俺の役目だ」

「無茶だけはしないでくださいね。オルデリクス様ご自身の身の安全がなにより大事です。それだけはどうかお忘れなく」

「わかっている」

回された腕に手を添える。首を捻るようにしてふり仰ぐと、すぐに額にやさしいキスが降りてきた。「愛している」のキスだ。続けて瞼に、目尻に、頬にキスの雨が降ってきて、紬はほうっと息を吐いた。

こんなふうに彼の体温を感じるのはずいぶん久しぶりのような気がする。子供たちが生まれてからは目の前のことで精いっぱいで、ふたりの時間を持つことは疎《おろ》か、のんびり過ごすことすらできなかった。

「オルデリクス様に抱っこしてもらうと安心します」

腕を撫でながら、うれしくなってふふっと笑う。

「それだけか?」

「え?」

「俺はおまえを安心させるだけでなく、気持ち良くさせることもできるつもりだが?」

「……っ」

耳元で囁かれ、一瞬にして体温が上がる。わたわたと慌てはじめた紬にオルデリクスは含み笑いながら項にも唇を寄せた。

「さぁ、ツムギ。選ばせてやろう。バスルームか、ベッドルームか」

「い、いつの間にそんな話になったんですか……、んっ……」

首筋を強く吸われ、征服される心地良さにぞくぞくしたものがこみ上げる。紬が身体をふるわせる間にもオルデリクスは耳朶を舐り、理性を奪い取っていった。

「デートの続きなら場所を変えた方が新鮮だろう。それとも、おまえの言う親睦《しんぼく》とやらはお茶を飲んでそれで終わりか？」

「も、もう……んっ……」

服の上から与えられるわずかな刺激にすら呆気ないほど燃え上がってしまう。瞬く間に全身を駆け巡る快楽の種に熱い吐息を吐いたその時、なにを思ったかオルデリクスが呼び鈴を鳴らした。

「えっ…、ちょ、あのっ……」

こんな状況でリートを呼び出すなんてと慌てているうちにドアがノックされ、世話係が顔を覗かせる。

「お呼びでございますか」

「湯浴みの支度を」

「はい。それでしたらもう調えてございます。寝室のご用意も」

「まだ昼間だよ！」

思わず声を上げる紬に、リートは「それがなにか？」と言わんばかりに首を傾げた。

「ごゆっくりお過ごしいただくためには早々に必要かと思いまして」

「よくできた世話係を持ってなによりだ」

「畏れ入ります。それでは陛下、ツムギ様、行ってらっしゃいませ」

紬が横抱きに抱き上げられたのと、リートがドアを開けてくれたのはほぼ同時だ。

「ふたりとも、なんでそんなに息ぴったりなのー！」

叫びながら紬はバスルームへと運ばれていく。

かくして、これまでの分を取り戻すかのような濃密な夜へと突入していくのだった。


「……ん、んっ……」

あえかな吐息がひとつ、またひとつと湯に落ち、溶けていく。

大人ふたりが入ってもまだ余裕があるほどの大きな湯船に、後ろから抱きかかえられるようにして浸かりながら紬は必死に声を殺していた。

「どうした。我慢することはないんだぞ」

「だ、だって……久しぶり、なので……んっ……」

なにをされても怖いぐらいに気持ちがいい。オルデリクスに触れられるだけで、どこもかしこも性感帯になったのではないかと思うほど反応してしまうのだ。自分ばかり昂っているようで恥ずかしく、紬は無意識に唇を噛んだ。

「こら。傷になる」

「んっ」

すぐに後ろから腕が伸びてくる。濡れた手で唇を解かれ、下唇をやさしく撫でられて、キスをしているようにドキドキと胸が高鳴った。頭の中がふわふわする。お湯の中にこのまま溶けてしまいそうだ。

「いい顔をする」

ふっと含み笑いをするのが聞こえたかと思うと、そのまま顎を捕われ、斜め後ろに引き上げられた。覆い被さるようにしてオルデリクスが唇を塞いでくる。

「ん、ん……ぅ、……ふっ……、……」

とろけるような甘いキスにたちまちのうちにぐずぐずになった。紬の好きなところも、弱いところも、すべてを知り尽くした彼の前で我慢なんてできるわけがない。

もう一方の手を胸に伸ばされ、立ち上がりかけていた尖りをきゅっと摘まみ上げられて、覚えのある快感が鋭く脳天を突き抜けた。

「ん、んっ……」

くにゅくにゅと先端を揉み拉かれ、たちまち重ったるい熱が下腹を覆う。いけないとわかっていても細い腰は淫らに揺れ、そのたびに、ぱしゃん、と湯が跳ねた。

「やっ、そんな……」

唇が解けたのと、それまで顎を持ち上げていた手が下肢に伸びたのはほぼ同時だった。すぐさま大きな手が紬自身を包みこんでくる。オルデリクスが触れていると思うだけで、また一段と硬度を増すのが自分でもわかった。

「俺の伴侶はなんと素直でかわいらしい」

オルデリクスが項にくちづけながらくすくすと笑う。それだけでまた煽られてしまい、紬はふるりと身をふるわせた。

「恥ずかしがることはない。もう何度も愛し合っただろう」

「だって……」

「俺がおまえを気持ちよくさせた証だ。もっともっと乱れていい。俺だけしか見られないおまえが見たい」

低い声で囁かれ、ぞくぞくとしたものが背筋を這い上る。間髪入れずに自身を扱かれ、もう一方の手で胸を弄られて、紬は顎を仰け反らせながら快楽に惑うしかなかった。

「あ、あぁっ……だ、め……そんな、したらっ……」

「おまえはここが好きだったな」

「やぁっ……オ、オルデリクス、さまぁ……達《い》、く……達ちゃ、うっ……」

敏感な裏筋をなぞり上げるようにして一際強く扱かれた瞬間、身体が大きくビクン、と撓り、紬は白い蜜を噴き上げる。小刻みに続く吐精に目を閉じ、快感の余韻に酔った。

「たくさん出したな」

「……！」

後ろから頬にキスを落とされ、途端に羞恥がぶり返す。

「オ、オルデリクス様のエッチ」

唇を尖らせる紬にオルデリクスは目を丸くした後で、それから「ふはっ」と噴き出した。

なにせ、子供ができるまでは毎晩愛し合っていた。

けれど妊娠がわかってからはそれも控え、産後も紬の体調が回復するまでは、子育てに余裕が持てるようになるまではと、なかなかタイミングがなかったのだ。

だからこれは不可抗力だと上目遣いに睨む紬に、オルデリクスはうれしそうに笑う。

「これでやっとおまえに触れられる。待ち焦がれたぞ」

音を立てて頬にキスを贈られ、紬は首を捻ってもう一度その唇にくちづけた。

すぐに触れるだけではもの足りなくなり、身体を反転させてオルデリクスを跨《また》ぐようにして向かい合う。逞しい首に両腕を絡ませ、裸の胸と胸とをぴったりと合わせて、愛しい唇を自分のそれで塞いだ。

熱い舌、熱い吐息。そのすべてが自分と同じ温度なのが心地良い。

「今度はぼくが、オルデリクス様を気持ち良くします」

ちゅっと音を立てて唇を離し、彼自身に手を伸ばす。兆しているだろうとは思っていたものの、想像以上の硬い手触りに驚かされた。

「もう、こんなに……?」

「伴侶のあられもない姿を前に、平気でいられる夫などいるものか」

「オルデリクス様ったら」

大きく張り出した先端をくるくると撫で、それから裏筋を通って根元まで形を確かめる。ピンと張り詰めた皮膚も、濃い叢の感触も、なにもかもが久しぶりだった。

いつもこれが自分の奥深くまで埋めこまれ、なにもかもわからなくなるほど気持ち良くさせてくれる。怒張への愛おしさを思うと同時に、自分の中がきゅんきゅん甘く疼くのを感じた。

——オルデリクス様が、ほしい。

それは焦がれるほどの希求だった。欠けていたものを見つけたように、半身に引かれ合うように、一息ごとに彼を求める気持ちが強くなる。

紬は迷うことなく屹立《きつりつ》を己の窄《すぼ》まりに宛てがった。

「ツムギ……？　待て、無理だ」

オルデリクスが驚いたようにそれを止める。

「オルデリクス様は、嫌ですか？」

「そんなことあるわけないだろう。だが、おまえの身体が第一だ。挿《い》れるのはよそう」

「嫌です」

やっと求められるのに。愛しいものがここにあるのに。

きっぱりと言いきる紬に、オルデリクスは目を瞠った。

「ぼくなら大丈夫ですから。お願い。オルデリクス様をぼくにください」

「おまえはまったく……俺の理性を根刮《ねこそ》ぎ奪う」

小さく嘆息するなりオルデリクスがくちづけで応える。すべてを食い尽くすかのような獰猛なキスだ。それが気持ち良くてしかたなくて、紬からも夢中で応えた。

なにもかもを与えたい。彼のすべてを包みこみたい。互いのすべてで愛し合いたい。

「オルデリクス様。あなたがほしい」

琥珀色の瞳が熱を孕《はら》む。その輝きに囚われていく。

「俺もだ、ツムギ。おまえがほしい」

逞しい胸に抱き寄せられ、すべてを預けるつもりで力を抜いた。腰に回された手がじわじわと双丘の間を滑り降りていく。

「ゆっくり慣らそう。痛みや違和感があったら必ず言うんだぞ」

そう言って慎重に後孔を探られる。硬く閉ざした蕾につぷりと指が差し入れられた瞬間、自分の中でなにかがじわっとあふれるのがわかった。

「んっ……」

「痛むか」

「いえ、あの……、こんなこと言うのも恥ずかしいんですが、もう気持ち良くて……」

「ツムギ。頼むから俺を煽るな」

苦笑いするオルデリクスに紬もつられて笑ってしまう。力が抜けたところへ、指が一本奥まで入ってきたかと思うと、すぐにそれは二本に増えた。中から前立腺を押し上げられ、紬はいやいやと首をふる。

「だめ、それ……オルデリクス様と…、一緒が、いい……」

「わかったわかった」

最終的に三本に増えた指で隘路《あいろ》を広げられ、指と入れ違いに熱い屹立が押し当てられる。

「挿れるぞ」

紬が頷くのを待って、それは力強く押し入ってきた。

自分の中で感じる彼のなんと熱く、そして愛しいことだろう。たちまち奥までいっぱいにされ、信じられないほどの充溢感に満たされた。

「あぁ……」

ひとつになっていることがこんなにもうれしい。身も心もオルデリクスに捧げ、同じだけ彼を受け入れ、このままトロトロとひとつに溶け合ってしまいそうだ。

「オルデリクス様……」

「ツムギ。愛している」

目を見交わすだけでわかる。彼も同じ思いでいると。自分たちは確かにこのしあわせを分かち合っているのだと。

「おまえに出会えて良かった。生涯、おまえただひとりだ」

「ぼくも、です」

もう何度目かもわからないいくちづけを交わす。

やがてはじまる抽挿に溺れながら、紬はすべてを解放していくのだった。

＊

抱っこは世界を救う！

そんな標語を、今こそ声を大にして叫びたい気分だ。それほどに自分自身に対するスタンスは大きく変わった。

子供たちを大切にするには、まずは自分を大切にしてあげなければならない。

そんな当たり前のことに気づかせてくれたのはオルデリクスだ。愛する人に大切にされ、愛し愛されるよろこびを再確認できたことで気持ちがとても落ち着いた。

ほんとうに、愛というのは不思議だ。ともすると脆《もろ》く壊れやすいものなのに、時に強く、心の支えになる。そんなかけがえのない愛の円環をこれからはオルデリクスとだけでなく、子供たちとも作っていけたら――。

そんな思いで今日も政務に、子育てにと大忙しだ。大変なこともあったけれど、天使のような寝顔を見るとどんな疲れも吹き飛んだ。

双子たちは父オルデリクスの血を受け継いで、早くも獣化の兆候《ちょうこう》を見せている。

人によっては、リートのように思春期になってやっと獣化する獣人もいるそうなのに、獅子王の血というのはすごいものだ。

――だからぼくも獣化できたのかも……。

人間を獣人に変えてしまうほどだ。そう思ったら妙に納得してしまった。

紬はベビーベッドを覗きこみながら、小さな耳や尻尾を出したふたりに相好を崩す。

「かわいいねぇ」

小さい身体に小さい獣耳を生やしてすやすやと眠る子供たちのかわいらしさといったら。

なにより、ヨコミミなのがとてもかわいい。

獣人は、獣化して完全な獣型になるまでは、人の姿で獣耳や尻尾を生やすハイブリッド型になる。ついこの間まで紬もそうだった。その際、獣耳はたいてい頭の上に生えるのだけれど、生まれたての彼らの場合はほとんど頭の真横に生えている。それがまた赤ちゃんらしくてたまらない。

人指し指でかわいい耳をちょんとつつくと、ルドルフは獣耳をぴくぴくふるわせながら「きゅー」と小さい声で応えた。赤ちゃん獅子の鳴き声だ。

「か、かわいい……！」

フランツは寝床の中でもぞもぞ動き回ったかと思うと、紬の匂いを求めて鼻を鳴らし、「きゅー」「きゅ」とかわいらしい鳴き声で母親を呼ぶ。そうかと思えばバンザイの格好ですやすやと眠り、時々「ぷー」と鼻提灯《はなちょうちん》を出していることもあった。

それを見るたび愛しさで胸がきゅんとしてしまう。オルデリクスもこんな感じだったのだろうか。

愛する人の面影を重ねていると、見計らったようなタイミングで伴侶がやってきた。

「オルデリクス様」

つい、ふふっと笑いが洩れてしまい、それを見たオルデリクスが怪訝な顔をする。

「あ、ごめんなさい。ちょうどオルデリクス様のことを考えていて……」

「よからぬ内容ではあるまいな」

「まさか。オルデリクス様もかわいかったんだろうなぁって」

ぷいぷいと鼻を鳴らしながら眠るルドルフに目をやると、オルデリクスは「なるほどな」と小さく噴き出した。

「平和の象徴だ」

「オルデリクス様がこの国を守ってくださっているおかげですね」

「おまえが愛情をこめて育てているからだろう。毎日ほんとうに良くやってくれている」

そう言ってポンと背中を叩かれる。

「これまで、ほんとうに苦労をかけたな」

「苦労だなんて。……どうしたらいいのかわからなくて困ったことならたくさんありましたけど、それでも、オルデリクス様がいてくださったから」

たくさん助けられたし、励まされた。協力もしてくれたし、一緒によろこんでくれた。なによりこうして頑張ったことを認めてくれた。だから苦労なんてひとつもない。

そう言うと、オルデリクスは眩しいものを見るように琥珀色の目をそっと細めた。

「おまえのその前向きさには助けられるばかりだ」

「ほんとうですか。ぼく、オルデリクス様のお役に？」

「あぁ。自慢の伴侶だ」

大きな手でやさしく頭を撫でられ、髪を梳かれて、ついついふにゃっと顔がゆるんだ。

「子供たちが生まれてから、ぼくまで子供になったみたいですね。よしよししてもらうとうれしくって」

「それでいい。いくらでも甘やかしてやる」

「じゃあ、ぼくもオルデリクス様を甘やかします」

「なに。俺はいい。俺はいいんだ、ツムギ！」

「ふふ」

鬣のような長い髪を撫でようとしたのだけれど、残念ながら躱されてしまう。ならば夜、あるいは休憩中にでもと心の中で算段しつつ、紬はオルデリクスに抱きついた。

しあわせホルモンは触れ合うことでたくさん分泌されるというけれど、ほんとうなんだなと実感する。そしてそれはスキンシップだけでなく、言葉で伝え合うことでも幸福感につながるのだと。

「大好きですよ。オルデリクス様」

想いをこめて見上げれば、同じだけの熱量で見下ろされる。

「あぁ、俺もだ」

しあわせを噛み締めながら、紬はもう一度あたたかな胸に顔を埋めるのだった。

そんな平和な日々から一転――双子が揃って熱を出した。
昼間に抱っこした時にちょっと身体が熱いような気はしたのだ。それでもいつもどおりミルクも飲んだし、むずがる様子もなかったので、様子を見ているうちにどんどんと熱が上がった。

「風邪でしょうか。それとも別の病気……？」

不安と戦う紬に、エウロパが険しい表情を見せる。

「まだなんとも申し上げられませんが、今のところは風邪の症状はございません。ただ、非常に熱が高いのが気がかりです。これからさらに上がるようであれば、熱性けいれんが起こる場合もございます」

「そんな……」

まだ生後四ヶ月なのに。顔を真っ赤にし、ふうふうと苦しそうに息をするふたりを身を引き裂かれる思いで見つめた。

「お気を確かに、ツムギ様」

「こんな時のためにケアチームがおります。わたしたちにお任せを」

マリーナが横から紬を支えてくれる。

状況はオルデリクスに報告され、直ちに王子らの回復に全力を尽くすようにとの指示が与えられた。快癒後の経過観察期間も含め、二週間は専念するようにとのオルデリクスの命令によりエウロパとマリーナがつきっきりで看病することになる。治療に必要な機材や物資が次々と城に運びこまれ、交代の医師や看護師も呼ばれて、城内は物々しい雰囲気に包まれた。

「ルドルフ。フランツ……」

小さな手を握ると、子供たちは弱々しいながらも紬の手を握り返してくる。懸命に生きようとしている姿に胸が締めつけられる思いだった。

きっと、両親もこんな思いをしながら自分を育ててくれたはず。やっとそれがわかったのに、親孝行したいと思った時にはもういないなんて。大好きな祖母も天国に行ってしまった。もっともっとおばあちゃん孝行しておけば良かった。

子供たちの寝顔を見つめながら大切な人たちのことを思い出す。両親や祖母にできなかった分も、この子たちを大切にしなければ。

「ツムギ様。ここは我々にお任せください」

「エウロパさん」

「しばらくは高い熱が続きます。ずっとここにいては疲れも出ましょう。ご容態に変化があれば直《ただ》ちにお報《しら》せいたしますので、ツムギ様もお休みください」

エウロパの後ろでマリーナも「そのとおりです」と頷いてくれる。母親の自分が子供たちの傍を離れるなんてと後ろめたさもあったが、チームの面々を見回すうちに彼らに任せるのが一番の得策だと思い直した。

自分と、自分の大切な子供たちのために編纂《へんさん》されたスペシャルケアチームだ。

「ありがとうございます。どうか、ふたりをよろしくお願いします」

「畏まりました。必ずや」

エウロパの力強い声に背中を押される思いで紬は部屋を後にする。自分には、行かなければならない場所がもうひとつある。アスランのところだ。

高熱に苦しむ双子たちと同じくらい、アスランもまた言葉にできない不安で小さな胸を痛めている。子供の心理に対する理解が足りなかったばかりに、結果として彼を苦しめてしまった。

今思えば、アスランの赤ちゃん返りには兆候があった。

はじめは紬が公務に就くようになったことだ。触れ合う時間が減ったことをアスランは寂しく思いながらも、いじらしく耐えてくれていた。少なくとも自分に対して愛情が向けられていると感じ取れたからだろう。

だが紬が身籠もり、お腹の子にかかりきりになると、そうも言っていられなくなった。日に日に大きくなっていくお腹に、「だいすきなかあさま」の変化を無意識のうちに怖れたとしても不思議はない。

そして出産。紬のお腹がぺたんこになったことで、「かあさま」はもとに戻ってくれると思っただろう。それなのに、アスランの期待とは裏腹に世界は双子を中心に回りはじめた。

「だいすきなかあさま」が変わってしまった。

アスランより大事なものができてしまった。

彼はどんなに焦っただろう。赤ちゃんという存在はよくわからなくても、自分から紬を奪ったものだと思ったに違いない。だから紬に会いにきても双子には関心も示さず、手で叩いたりもしたのだ。そして紬に訴えた。前のように愛してほしいと。

今なら自分とアスランのボタンのかけ違いがよくわかる。どうすべきだったのかも。

だから、今こそやり直す時だ。

彼の焦りも寂しさもどかしさも、全部丸ごと受け止めよう。ちゃんとアスランを見ていること、愛していることを何度でも言葉と行動で伝えよう。

自分は、頑張っていることをオルデリクスに認めてもらえてうれしかった。よしよしと頭を撫でられて、やさしくしてもらってうれしかった。愛されていると実感して、身体の隅々にまで血が通うような満ち足りた思いがした。

それを、自分もアスランにしてやりたい。彼を愛で包みたい。

決意とともに部屋に行くと、教育係のジルが出迎えてくれた。今は遊んでもいい時間だそうで、もう少ししたら武術の稽古に行くのだという。

紬が訳を話すと、ジルはよろこんで部屋に招き入れてくれた。

「大好きなアスラン。お顔を見にきたよ」

呼びかけに、アスランがチラとこちらを見る。

けれど完全にいじけているのか、ぷいっと目を逸らしてまた手遊びに戻ってしまった。おもちゃの兵隊たちを並べて兵隊ごっこをしているようだ。

紬はアスランのテリトリーを侵さぬよう少し離れてしゃがみこむと、遊ぶ様子を静かに眺めた。小さな手、小さな指。それらを器用に使ってアスランはおもちゃを並べていく。

だが、しばらくすると居心地が悪くなったのか、アスランは無言で兵隊を薙ぎ倒した。きれいに並べられていたおもちゃはバラバラと音を立てながら床の上に散らばる。中には遠くの方まで飛んでいったものもあった。

――うん。そうだよね。

気持ちの折り合いがつかないのだろう。せっかく作ったものを自ら壊して、そうやってがっかりに先回りしている。

紬は胸の痛みをこらえながらゆっくりと立ち上がった。そうしてアスランのすぐ傍まで歩いていって、同じように床にぺたんと腰を下ろす。

近づいたことでアスランが身体を硬くするのがわかった。だから怖がらせないように、下を向いたままの頭をゆっくりと撫でる。

「兵隊さんごっこをしているアスランくん。母様も交ぜて？」

弟や妹が生まれて不安になった子供は悪戯などで親の気を引くようになる。そうすれば母親が自分の方を見てくれるからだ。だから「ちゃんと見ているよ」と伝わるような呼びかけをと考えてやってみた。

この状況で吉と出るか、凶と出るか。

賭けのような気持ちもあったが効果覿面《てきめん》で、アスランが弾かれたようにこちらを向いた。ずいぶん驚いた顔をしている。

「かあさま、あそぶ？」

「うん。アスランと一緒に遊びたいな。母様も交ぜてくれる？」

「……でも、また、いなくなっちゃうんでしょ……」

弱々しい呟きに罪悪感がこみ上げた。ずっとそんな思いをさせてきたのだ。

「ごめんね。寂しい気持ちにさせちゃってたね」

やさしく髪を撫でるものの、アスランの表情は曇ったままだ。

「かあさま、アシュのこと、きらいなんでしょ……」

「そんなことないよ」

「かあさま、あっちにいっちゃうんでしょ。アシュは、いらないんでしょ」

「アスラン」

「やー！」

アスランが大声で泣き出す。

紬は今すぐ抱き締めたい気持ちをぐっとこらえて彼が自分で泣き止むのを待った。

その代わり、「頑張れ」の気持ちをこめて手を握り、アスランをまっすぐ見つめ続ける。

これは彼が気持ちを切り替えるための練習だ。昂ったものを発散させて、落ち着くために必要なことなのだ。

アスランはわんわん泣いた後、ひっく、ひっく、としゃくり上げながら薄目を開ける。

そうしてそこではじめて紬がずっと自分を見ていたことに気づき、驚きのあまり涙を引っこめた。

そんなアスランがかわいくて、意地らしくて、愛おしくてたまらない。紬は手を伸ばし、頬を転がる大粒の涙をそっと拭った。

「よく頑張ったね。ひとりで泣き止んで偉かったね」

つぶらな瞳からまた一粒、真珠のような涙が落ちる。

「大丈夫。母様はここにいるよ。アスランの傍にいるよ」

「かぁ…、しゃ、ま……」

「アスランは、寂しかったんだよね。父様も母様も、お仕事や赤ちゃんのお世話に忙しくなったから、母様を取られちゃったって思ったんだよね。ひとりぼっちになったみたいで嫌だったんだよね。アスランのこと、見てほしかったんだよね」

アスランがこくんと頷く。その拍子にまたも涙がほろほろとこぼれ、かわいい薔薇色の頬を濡らした。

「アスランの気持ち、ちゃんとわかってあげられなくてごめんね。母様、赤ちゃんを育てるのがはじめてで、うまくできなくて、焦っていたんだ」

「かあさま、なのに……？」

「うん。母様なのにね。もっとちゃんとしないといけないのは母様の方」

アスランがぎゅうっとしがみついてくる。まるで「そんなことないよ」と言ってくれているようで、言葉にならないやさしさに胸の奥が熱くなった。

「母様、これから頑張るね。アスランともっといっぱい一緒にいられるように」

一緒にお城の中を探検しよう。今度はオルデリクスと三人でピクニックをするのもいい。散歩をしたり、おやつを食べたり、たくさんのことを一緒にしよう。

「いい、の……？」

「いいよ。アスランはどうかな？　やりたい？」

アスランはさっきより力強くこくこくと頷く。

「やる！　アシュ、かあさまと！」

「うれしい。良かった。ありがとう、アスラン」

思いをこめてぎゅうっと抱き締めると、アスランは「きゃー」とかわいい声を上げた。

それを聞くのさえ久しぶりだ。「くるしいよー」とジタバタするのがかわいくてかわいくて涙が出てしまいそうになった。

この気持ちを生涯忘れないでいよう。

そう心に誓いながら紬はアスランの頬に音を立ててくちづける。

「アスラン、だーいすき！」


清々しい日曜の朝。

紬は期待と不安を半々にアスランの部屋に向かって歩いていた。廊下の窓からは燦々《さんさん》と日が差しこみ、眩しいくらいだ。今日もいい一日になるだろう。

――そうなるように頑張らなくちゃ。

今日は、週に一度の教会礼拝が行われる。

城の敷地内にある王族専用の教会で神に祈りを捧げる儀式だ。紬も王妃となってからは同じように参列させてもらっていた。

礼拝に参加できるのは王族の系譜に連なる成人だけだ。同じ空間に入るのを許されることで、一人前として認められた証《あかし》になる。

そんな場に、三歳のアスランが特例で参加することになった。いずれこの国を継ぐ彼の王太子としての自覚を促すためとオルデリクスは説明したが、この決定に城内で議論が起きたこともまた事実だった。

なにせ、つい最近まで赤ちゃん返りで手がつけられなかったアスランだ。

神聖な礼拝の場に出るのは早いのではと一部の王族からは不安視する声が上がったが、紬をはじめエウロパやミレーネ、それにジルも口を揃えて「大丈夫です」と言いきった。

アスランはもう、以前のアスランではない。

紬の愛情を受け入れ、再び心を開いてくれたおかげで不安定なところが消えた。大声で叫んだり、ものに当たったりすることがなくなったばかりか、彼なりに自分の気持ちを言葉にしたり、伝える努力もしてくれるようになった。大進歩だ。

そんな姿を毎日すぐ近くで見てきたからこそ、紬たちは太鼓判を押したのだ。

――きっと大丈夫。

儀式を無事に終えれば、王太子の務めを立派に果たしたと皆に知らしめることができるし、アスラン自身の成功体験として大きな自信にもつながるだろう。

けれど、部屋に着くなり紬はその場で棒立ちになった。アスランが部屋中を走り回っていたからだ。赤ちゃん返りがぶり返したのかとギクリとしながら出迎えてくれたジルから話を聞く。

「それが、どうも緊張されているようで……」

昨日のうちに礼拝についていろいろと教えたところ、初めての行事ということもあり、落ち着きがなくなってしまったのだそうだ。

アスランは部屋の中をウロウロしては椅子によじ登ろうとしたり、床に寝転がったり、カーテンを身体にぐるぐる巻きつけたりしている。この落ち着きのなさからして、まずは話を聞けるようにする必要がありそうだ。

そこで紬はその場にしゃがむと、両手を重ねてひらひらと動かしてみせた。

「ねぇねぇ、アスラン。これなーんだ？」

「ちょうちょ！」

こちらをふり返ったアスランが一目見て得意げに笑う。

「あたりー。よくわかったねぇ」

「かんたんかんたん」

「じゃあ、これは?」

すぐさま次の問題を出すと、アスランは興味深げにこちらに近づいてきて、紬の手元にじっと見入った。答えは簡単、今度は「キツネ」だ。正解を言い当ててもらったところでしっかりと両方の手をつないだ。

「アスラン。母様、今度はお話するね」

「ん」

アスランがこくんと頷く。話を聞く体勢になってくれたらこっちのものだ。

「これから、一緒に礼拝堂に行くよ。礼拝ってどんなものか、知ってるかな？」

「こうやるって、いってた」

アスランが両手を胸の前で組んでみせる。

「わぁ、すごい。ちゃんと知ってるね」

「しってるよ！」

「じゃあもうひとつ、母様とお約束してほしいことがあるんだけど、できるかな？」

「ん？」

「礼拝はみんなにとって大事なものだから、アスランもいい子にしていてね」

礼拝堂に入ったら静かにすること。なにか聞きたくなったら小さな声でお話しすること。走ったり、笑ったりしないことをひとつひとつ言い含める。

「いい？　『しー』だよ？　いい子のアスランくん。じゃあ、できる人ー？」

「はーい！」

元気のいい声に微笑みながら、紬は小さな手を引いて礼拝堂へと向かった。

荘厳《そうごん》な建物に近づくにつれ、アスランの顔も自然と引き締まる。

中に入ると、すでにオルデリクスが席に着いていた。朝に一緒に双子の世話をしたきり顔を合わせなかったから、執務室から直接こちらに来たのだろう。三列目以降には、彼の親戚に当たる王族たちの姿もあった。こうした儀式や式典の際にしか顔を合わせることがないため、その為人《ひととなり》はよくわからないままだ。

どこか少し他人行儀な、また教会特有の厳格な雰囲気に自分まで呑まれてしまいそうになり、紬は落ち着きを取り戻そうとゆっくり深呼吸をした。

――大丈夫。きっと上手にできる。アスランを信じなきゃ。

もう一度手を握り直し、オルデリクスの隣に座ると、間もなく礼拝がはじまった。

心を丸裸にされるようなパイプオルガンの荘厳な響き。日本で暮らしていた頃はとんと縁がなかったけれど、ローゼンリヒトに来て、触れて、そして好きになったものだ。

オルデリクスたちが大切にする文化、心の拠《よ》りどころを理解しようとすることは、紬にとってのよろこびでもある。そんな両親の背中を見ながらアスランもまた、将来この国の舵《かじ》を取っていくだろう。

未来を思い描きながら交読文を読み上げる。

そんな紬たちの思いに応えるように、アスランは王太子としての務めを立派に果たした。途中でお祈りの仕方がわからなくなり、何度も紬に小声で訊ねたことはご愛敬だ。小さな子供には退屈な場面もあっただろうに騒ぎもせず、ふてくされることもなく、おとなしく座っていられたのだから立派なものだ。

感心したのは、声を小さくしただけでなく身ぶり手ぶりまでミニマイズされたことだ。指先だけをちょこちょこと動かすアスランに、紬の方が「かわいいねぇ」と声が出そうになった。彼なりに『しー』に努めた結果だろう。

「アスラン、ちゃんと『しー』できてるね」

「ん！」

小さな声で褒めると、アスランは誇らしげに背筋を伸ばす。そんな姿に、自分もオルデリクスに「よくやっている」と言ってもらえてうれしかったことを思い出した。

あれだけ心配された礼拝は滞《とどこお》りなく進み、皆で祈りを捧げて終了となる。

オルデリクスとともに外に出た紬は、アスランの頭をわしゃわしゃと撫で回した。

「アスラン、すごいね！　母様との約束ちゃんとできたね！」

「ふふー」

アスランがうれしそうに笑う。

紬は、彼の頑張りをここぞとばかりにオルデリクスに報告した。

「オルデリクス様からもアスランを褒めてあげてください。礼拝中、とてもいい子だったでしょう？　今朝、ふたりで約束したんです。それをちゃーんと守ってくれたんですよ」

「あぁ。良くやっていたな。大したものだ」

「とうさま……とうさまも！」

アスランは憧れの父親の言葉に目をきらきらと輝かせる。頬を紅潮させ、ぴょんぴょん飛び跳ねるかわいらしい姿に紬はオルデリクスと目を見交わしながら微笑んだ。アスランは立派に次の一歩を踏み出した。王太子として、双子たちの兄として、これからの成長がさらに楽しみだ。

「さぁ、戻るか」

「せっかくですし、三人で手をつないで帰りませんか。ね、どう？　アスラン」

「する！　とうさまも、かあさまも！」

「ふふふ。決まり」

またもぴょんと飛び上がったアスランを見つめるオルデリクスの顔は父親そのものだ。もう出会った頃の剣呑《けんのん》な彼など思い出せない。

——そんなこともあったよねぇ。

しみじみと思い返しながら、大人ふたりでアスランを挟むようにして手をつなぐ。

歩いている途中、庭園の噴水に三人の姿が映っていることに気づいて紬は足を止めた。

「アスラン。みんなが映ってるよ」

「ん?」

つないでいた手を解き、小首を傾げた彼を後ろからぎゅっと抱き締める。

「母様がアスランを抱っこしてるの、見えるかな?」

「みえる!」

「母様は、こーんなにアスランのことが大好きだよ。だからぎゅうぎゅう抱っこ!」

「きゃー!」

ぎゅっと力をこめると、アスランはかわいい声を上げながら腕の中でジタバタと暴れはじめた。礼拝中我慢していたのもあいまっていつもよりも元気がいい。目を閉じて手足をバタつかせたかと思えば、そうっと目を開けて抱っこされている自分を確かめる。

やがて、抱き締められていることの安心感でうっとりと水面を眺めはじめたところで、今度はオルデリクスがアスランの横にしゃがみこんだ。

「アスラン」

節くれ立った大きな手がアスランの頭を撫でる。

「父は、おまえを愛している」

「とうさま……」

アスランは目を丸くした。きっと、はじめて言われた言葉だろう。最初こそ頬を上気させた彼だったが、みるみるうちに泣き出しそうに顔を歪めた。

「おいで」

オルデリクスが小さな肩を引き寄せてやると、逞しい胸にひしと抱きつき、グリグリと頭を押しつける。泣くまい、泣くまいとするほどに気持ちは昂っていくようで、オルデリクスにトントンと背中を叩かれた途端、「とうさまぁ……」と涙声が洩れた。

王太子たるもの、感情を露わにしてはならないと教わってきただろう。父のようになりたいと自分を律してもきただろう。けれど、これが三歳の子供だ。それでいいのだ。

ひとしきり気持ちを爆発させ、わんわんと泣いたアスランは、目を擦りながら自ら父の胸を離れた。

「そうだ。それでこそだ」

「とう、さま」

「ご褒美をやろう」

そう言うや、オルデリクスはアスランの脇の下に手を入れて抱き上げる。

「わあっ！」

急に高くなった視界にアスランは大きく声を上げた。頬に涙の跡を残しながらも、その顔はもう満面の笑みだ。

「ずいぶん重たくなったな。ギルニスの言うとおりだ」

「大丈夫ですか、オルデリクス様」

「なんのこれしき。なぁ、アスラン」

「ん！　ん！」

大好きな父親の愛を受けて、アスランが心の底からよろこんでいるのが伝わってくる。オルデリクスもうれしいだろう。そんなふたりを見るうちにじわりと涙がこみ上げた。

——ぼくたちは、どんどん家族になってる……。

三人で食卓を囲んだ時もうれしかった。心をこめて作った料理を食べながら笑い合える、そんなささやかであたたかな暮らしができることを夢見ていたからだ。

そして今、お互いを『愛』で結びつけ合っていると実感したことで、家族の絆はより強く硬いものになったのだと確信した。

オルデリクスとは伯父と甥の関係であるアスラン。紬とは血もつながっていない。

それでも、自分たちは家族になっていくのだ。こんなふうにひとつずつ、そしてたくさんのものを乗り越えながら――――。

アスランを地面に下ろしたオルデリクスが顔を上げ、こちらを見た。

紬は慌てて涙をごまかそうとしたものの、それよりも早くオルデリクスが微笑みながら首をふる。

「おまえにも抱っこが必要そうだな」

「え？　いえ、そんな……」

「いいから来い」

有無を言わさず、大きく両腕を広げられた。そんなふうにされてしまったら紬に拒めるわけもない。思いきって胸に飛びこむと、まるで子供にするようにぎゅうっと強く抱き締められた。それがとてもうれしくて、頭をグリグリと押しつける。

「ははは。アスランと同じだな」

「かあさま、アシュにも、していいよ！」

「え？」

アスランが、見よう見まねでオルデリクスのしたように両手を広げる。その勇ましさと言ったら格好良くて、誇らしくて、うれしくてたまらない。

「じゃあ、お言葉に甘えて……」

いそいそとしゃがみこみ、アスランの胸にも頭を寄せた。

ぎゅうっとしてくれる力が強すぎて、髪の毛が引っ張られて痛いのだけれど、それでもうれしくて胸の奥がきゅんとなる。いつの間にかこの子は誰かを包みこめるまでに成長していたのだ。

「ありがとう、アスラン。アスランはとってもやさしいね」

頭を撫でるとアスランは照れくさそうに「うふふ」と笑う。

紬は立ち上がり、見守ってくれていた伴侶にも頭を下げた。

「オルデリクス様も、ありがとうございました」

「俺にはやさしいとは言わないのか」

「え？……も、もう」

隙あらば子供と張り合おうとするのに笑わされる。紬が泣いていたからそうやって元気づけようとしてくれたのだろう。

「オルデリクス様はやさしいですよ。いつだってぼくの味方でいてくれます」

「わかっていればいい」

オルデリクスは大袈裟に頷いてみせた後で、「さて」と表情を変えた。

「午後からは出かける。今のうちに子供たちの様子を見に行くか」

「それでしたら、ぼくも」

突発性発疹と診断された双子たちは、四日もすると熱は下がったものの、今度は全身に赤く細かい発疹が出はじめた。一日に何度も様子を見にいってはいるし、快方《かいほう》に向かっているとも聞いているけれど、それでも気がかりなことには変わりない。

そんな話をしていると、アスランが足にしがみついてきてハッとした。いけない。また自分を蔑ろにされているように感じただろうか。

「違うんだよ。アスラン、これはね……」

「おねつ、あるの?」

「え?」

「あかちゃん、だいじょうぶ?」

思いがけない言葉だった。目を丸くしながらオルデリクスと顔を見合わせる。

紬はそろそろとアスランの前にしゃがみこむと、下から顔を覗きこんだ。

「心配、してくれたの？」

「だいじ、だから」

アスランがこくんと頷く。

その瞬間、胸の奥から熱いものがこみ上げた。

「うれしい！」

ガバッとアスランを抱き締める。彼の口からそんな言葉が聞けるようになったなんて。

「アスランはなんてやさしい子なんだろう。母様、とってもうれしいよ」

薔薇色の頬に頬擦りする。

「アスラン、立派なお兄ちゃんになったね」

「おにいちゃん？」

「そう。ルドルフとフランツのお兄ちゃんだよ。アスランみたいに頼もしいお兄ちゃんがいてくれて、母様とってもうれしいな」

「ふふ……えへへ……」

アスランはもじもじと身体をくねらせ、小さな両手で口を覆う。

「父様も、母様も、アスランがいてくれてしあわせだよ」

ありがとうの気持ちをこめて頬にちゅっとキスをすると、アスランは「きゃー」とかわいい声を上げた。

それを見ていたオルデリクスも膝をつき、もう片方の頬にくちづける。両親からキスをもらい、うれしさと照れくささで顔を覆ったアスランに、紬はオルデリクスと顔を見合わせながらよろこびを噛み締めた。

もちろん、一言つけ加えることも忘れない。

「オルデリクス様がいてくださることも、とても大きなしあわせです」

そう言うと、オルデリクスは一拍置いてからなんとも言えない顔で苦笑した。

「毎度言わずともわかっている」

「いいんです。ぼくが言いたかっただけですから」

「ならば俺は態度で示そう」

オルデリクスはアスランの目を手で塞ぎ、その頭上で触れるだけのキスをくれる。

秘密のキスは、甘い甘いしあわせの味がした。

すべては良い方へと向かいはじめた。

てんやわんやしていたのが遠い昔のことのようだ。

アスランは王太子として、また兄として新たな一歩を踏み出し、突発性発疹に苦しんだ双子たちもスペシャルケアチームの献身的な看護によって健康を取り戻すことができた。

オルデリクスは国内の税制改革に着手し、いっそうの経済発展を目指すとともに、周辺諸国との貿易拡大に向けて精力的に動いている。紬も少しずつ任されるようになった政務に、育児にと、忙しくも充実した毎日を送っていた。

オルデリクスとともに国内の諸問題に関する陳情《ちんじょう》に耳を傾け、午後からの有識者会議に向けて意見を交わす。ギルニスや大臣たちも加わり、議論が白熱しかけた時だった。

「畏れながら申し上げます」

なにやら慌ただしい様子で伝令が執務室に飛びこんでくる。よほどのことでもない限り、王の会議が中断されることはない。

何事かと一同が息を呑む中、オルデリクスが報告の許可を与えた。

「ゲルヘムからの亡命者が、陛下に謁見を賜りたいと参っております。相手国の状況を考え、急ぎご報告させていただきました」

「なんだと」

オルデリクスがテーブルに前のめりになる。他のものたちも同じだ。一瞬にしてその場に強い緊張が走ったのがわかった。

――ついに来た……！

独裁体制が敷かれたゲルヘムでは、暴虐な王に耐えかねた民が国を捨てはじめていると少し前にオルデリクスに聞いた。その多くは中立を謳うサン・シット国に流れていると。

それが、ローゼンリヒトにも助けを求めてきたということは、いよいよサン・シットがこれ以上の受け入れを拒否し、形振《なりふ》り構っていられなくなったということだろう。

何度も刃を交えた敵国ローゼンリヒトを亡命先に選ぶなんて、殺してくれと言っているようなものだ。たとえ生き延びたとしても、追ってきたゲルヘム軍に裏切者として処刑されてしまうかもしれないのに。

ただでさえ、周辺諸国に亡命者が押し寄せるようなことがあれば三国同盟はゲルヘムに追加制裁を科すと言われている。そうなればゲルヘムは終わりだ。オルデリクスだって、他の二国の王だって、国自体を壊したいわけではないはず。

それなのに、どうしてローゼンリヒトに――。

「これは拙《まず》いことになりましたね」

古参の側近でもあるエウロパが顔を険しくする。

「特別な事情があるのかもしれません。お話だけでも聞いてみては……」

紬も思いきって進言してみたが、すぐにギルニスに遮られた。

「相手は敵国の亡命者だぞ。そんなやつを匿えば、龍人たちに大義名分《たいぎめいぶん》をやるだけだ」

ギルニスの言葉にオルデリクスも頷く。

「亡命に見せかけた国のスパイという線も考えられる」

「あいつらのやりそうなこった。情報を抜くためか、それとも城に爆弾でも仕掛けるか」

「そんな」

「どのみち危険極まりない。そんなやつらをホイホイ懐に入れてたまるかよ」

「でも、ほんとうに亡命だったら……助けを求めてきているんですよね。他に頼る当てがないからここに辿り着いたってことなんですよね」

かつての自分のように。

紬の場合は、目が覚めたらローゼンリヒトにいたのでそのあたりの事情は異なるものの、身ひとつで縋るしかなかった気持ちはよくわかる。

あの時、オルデリクスが食事係という仕事を与えてくれなかったら、着るものや寝床を与えてくれなかったら、城の外で野垂《のた》れ死ぬか、あるいはギルニスの言ったように龍人たちに喰われてしまっていただろう。

そう言うと、オルデリクスはやりにくそうに顔を顰め、伝令に向かって指示を出した。

「まずは軍の関係者で徹底的に取り調べろ」

「はっ」

最前線を経験した彼らなら万一の事態にも対応可能と踏んでのことだろう。急いで退出する伝令を見送りながら、それでもギルニスは渋い顔を崩さなかった。

祈るような気持ちで結果を待つ。

夕方、再び執務室に集った紬たちは、ローゼンリヒト軍の司令官と大尉から取り調べの結果報告を受けた。

「結論から申しまして、ゲルヘムの王室や軍に関係したものではございませんでした」

「一般人か」

「そのようでございます。三名はいずれも若い男性で、ゲルヘム王の侵略を受ける前からあの土地に住んでいた少数民族とのことでございました。王の暴挙に耐え兼ねて、生きる場所を求めてここまで来たと」

司令官の言葉に、大尉も続ける。

「三人とも所持品らしきものを持ち合わせておりませんでした。身辺調査でも怪しいものは確認されておりません。身ひとつで逃げてきたものと思われます」

ローゼンリヒトとの国境であるバーゼル川は、水深こそ浅いが流れは速い。龍人ならば泳いで渡るのはたやすいが、それでも荷物を持ち出すことはできなかったのだろう。

「どうしても陛下に亡命を嘆願したい、それが叶わないなら手をつけるわけにはいかないと言って、出された食事を一切受け取ろうとしないのです。一日二日なら耐えられても、ただでさえ疲労困憊《こんぱい》の身、あのままでは数日も保たないものと」

「ゲルヘムの人間がローゼンリヒトの城で亡くなったとあっては……」

ふたりの訴《うった》えを、だがバッサリと切って捨てたのはギルニスだ。

「ならばゲルヘムに送り返せ」

「そんなことをしたら殺されてしまいます。せめて話を聞いてあげてください」

紬も夢中で割って入る。

「ローゼンリヒトは、三国同盟によってゲルヘムの治世正常化に貢献する立場でしょう。それが話も聞かず、難民を送り返したとあっては国の名折れです。どうか」

「甘い」

ギルニスは間髪入れず否を唱えたが、オルデリクスが冷静に告げた。

「確かに、一理ある」

「オルデリクス！」

「会おう。そのものたちを謁見の間へ」

司令官たちは一礼するなり、急いで部屋を出ていく。ギルニスはまだなにか言いたそうにしていたが、オルデリクスが立ち上がるのを見て無言のままそれに続いた。

慌ただしく謁見の間に移動する間、誰も一言も話さなかった。一歩踏み出すごとに空気がピンと張り詰めていくのを感じる。

そんな中、自分の発言は果たして良いことだったのか紬は自問自答していた。これまで戦いに参加したことのない自分にとって、生まれてはじめて直面する生死の境というものにとにかく黙っていられなかったのだ。

謁見の間に着くと、すでに三人の青年が連れてこられていた。

皆いっせいに頭を垂れたため顔はわからないが、肌は浅黒く、細くウェーブした黒髪をターバンで巻いている。人型と獣型でまったく姿が異なるのはローゼンリヒトの獣人らと同じだが、ひとつだけ違うことがあった。

龍人は、耳の先が尖っている。誰もが一目でわかる姿をしている。

つまり、なに食わぬ顔で異国に潜りこむことができないのだ。そのため、こうして王の庇護《ひご》を求めて城を訪ねてきたのだろう。

「顔を」

オルデリクスの許しを受けて三人がそろそろと顔を上げる。

そのうちのひとり、年長者と思しき男性が静かに前に進み出た。

「慈悲深き偉大なるローゼンリヒト国王陛下。謁見の栄に浴し、身に余る光栄に存じます。これなるはマヌーンと申します。こちらのものたちは、ダダとヤトゥでございます」

マヌーンと名乗った男性が一礼すると、他のふたりもいっせいにそれに倣った。

龍人という存在をはじめて間近にしたけれど、聞いていたような怖ろしさや凶暴さなど微塵も感じさせない。それどころか、三人とも凛とした好青年に見えた。

マヌーンは三人のリーダー的な存在のようだ。夕日を思わせるオレンジがかった瞳は、見る角度によって琥珀にも、焦げ茶にも見える。おだやかな人なのだろう。声だけでなく物腰までやわらかで、所作のひとつひとつが舞踊のように美しい。

ダダは痩せ型で、黒曜石のような黒い目と、男らしい太い眉がとても印象的な青年だ。キリリとした横顔からは実直な性格が窺えた。

ヤトゥはどこか謎めいている。深い海の底のような青緑色の瞳や、感情の読めない顔がそう思わせるのかもしれない。長身に映える長い黒髪が揺れるたびに目を奪われた。

三者三様ながら、ローゼンリヒトの民とは明らかに違うエキゾチックな雰囲気だ。

マヌーンは身の潔白《けっぱく》を示すように胸に手を当て、玉座の上のオルデリクスを見上げた。

「我々は、ローゼンリヒトに仇《あだ》をなすつもりは一切ございません。その証として、着の身着のままでやって参りました」

「目的はなんだ」

「我々に、この国の片隅に住まうことを許していただきたいのです。安住の地を与えていただきたいのです。……ゲルヘムは、もはや人の住むところではなくなってしまいました。我々が生まれ育った平穏な国は、今や侵略王によって滅茶苦茶に……」

マヌーンが声を詰まらせる。こみ上げるものがあるのだろう。一度大きく息を吸って、気持ちを落ち着かせた彼は、あらためて言葉を継いだ。

「我々は、もともとあの地に住まうルクシュという部族です。侵略によって土地を奪われ、王の生き駒として鎖につながれ、怯え暮らすばかりの毎日でした」

戦いに明け暮れるゲルヘム軍。

男たちは戦争のたびに招集され、命を賭けることを強制される。たとえ手柄を立てても褒美はなく、落命しても弔いもない。男たちが家を空ける間の仕事は女たちに課されたが、ゲルヘム軍が行軍する間は接待という名の夜伽《よとぎ》を強要され、断ればその場で命を奪われることもあったそうだ。

それればかりではない。

ゲルヘム軍は腹が減れば民からなけなしの食料を巻き上げ、差し出さなければ容赦なく殺し、あろうことか刃向かったものの屍《しかばね》を杭《くい》にぶら下げて見せしめにもした。特に、軍に抵抗した部族は格好のターゲットになったようで、ルクシュでも何人もの尊い命が王や軍の気紛れで奪われたという。

「酷い……」

暴挙の一言で片付けるにはあまりに惨い。血の気が引き、冷たくなった指先を紬はゴシゴシと擦り合わせた。

今すぐ匿《かくま》ってあげなくてはとオルデリクスの方を見たものの、その表情は硬いままだ。

「おまえたちの話に、嘘偽りがないとどうやって証明する」

冷静に返され、マヌーンが口ごもった。

代わりに動いたのはダダだ。とっさに左袖を捲り上げ、肩口から肘にかけての傷の痕を露わにする。鋭い刃物でスパッと切ったのとは訳が違う、明らかに強い力で噛み千切ったとわかる裂傷だ。

「これは、ゲルヘム軍につけられた傷です。軍に殺されそうになった友達を守ろうとして……龍の歯でグチャグチャにされました。友達は、次の日に十二歳の誕生日を迎えるはずだった。二度と戻ってきませんでした」

オルデリクスがエウロパになにか訊ねる。傷跡の残り方からダダの言うことがほんとうか確かめているのだろう。エウロパが頷くのを見てなんとも言えない気持ちになった。

「なるほどな。だが、おまえたち部族が受けたことは、我々ローゼンリヒトが受けたことと同じだ。ゲルヘムがこれまで何度、罪のない我が民を、我が国を陵辱《りょうじょく》したことか」

オルデリクスの静かで深い怒りに、マヌーンは深々と頭を下げる。

「謝罪の言葉もありません。ただ深く反省し、哀悼の意を捧げるばかりでございます」

「おまえたちがいくら詫びようとも、所詮ゲルヘム王の腹の中とは別物だ」

吐き捨てるように言いながらオルデリクスはため息をついた。

謁見が打ち切られそうな雰囲気を察してか、マヌーンはさらに膝で一歩躙《にじ》り寄りながら必死に乞う。

「お願いでございます。この国に匿っていただけるならば、我々三人はローゼンリヒトのため、身を粉《こ》にしてご恩に報《むく》いる覚悟です」

「信用できない」

それまで黙って話を聞いていたギルニスが玉座の後ろから鋭く叫んだ。ピシャリと切り捨てるような言い様に三人は顔を強張らせる。紬も思わず息を呑んだ。

「再三に亘ってローゼンリヒトに戦いを仕掛けてきた敵国の人間を、なぜ庇い立てする必要がある。百害あって一利無し。これ以上は時間の無駄だ」

「ギルニス」

「この際だからはっきり言わせてもらう。おまえたちがゲルヘムの要人だろうと、一般人だろうと、匿えば国と国との話になる。ただの家出人を泊めてやるのとは訳が違うんだ。自分たちが過去にしたことを棚に上げて、よくもノコノコやってこれたもんだな」

「それは……」

痛いところを突かれ、マヌーンはがくりと項垂れる。彼にもよくわかっているのだろう。それでも、頼るところがここしかなかったのだとしたら。

「なにか、ローゼンリヒトに思い入れがあるのですか」

思いきって訊ねると、皆がいっせいにこちらを見た。このタイミングで口を挟むことがどれだけ一触即発な空気を震撼させるか、紬にだってわからないわけではない。それでも黙っていられなかった。

マヌーンは紬を、そしてオルデリクスを交互に見ながら訴える。

「私の祖父のまた祖父の代には、ローゼンリヒトとルクシュの間に交易があったと聞いております。バーゼル川を挟んで東と西、それはそれは良い関係を築いていたと。お互いの間に確かな平和があったと知り、わずかな縁に縋りたい一心でこうして参ったのでございます。国を捨てた我々に、ここより他に行くところはございません。寛大なるローゼンリヒト国王陛下、どうかお慈悲を……！」

これまで多くのゲルヘム難民が逃げこんだサン・シットも、もはや飽和状態《ほうわ》だ。そしてサン・シットを超えた向こうにはどこまでも砂漠が広がっている。

水とともに生きる龍人にとって、砂漠を往くことは即《すなわ》ち死を意味する。だからこそ背水の陣で川を渡り、かつては佳《よ》き友であった敵国ローゼンリヒトに縋ったのだろう。

「オルデリクス様。ぼくからもお願いです。古《いにしえ》の縁に免じて、この方々を保護してあげてくれませんか」

紬の言葉に三人の若者が身を乗り出す。

けれど、すぐさまギルニスがそれを一蹴した。

「俺は反対だ」

「敵の言うことに絆《ほだ》されるな。俺は戦いのたびに龍人のやり方を見てきた。龍人は卑怯な生きものだ。わかり合えるはずがない。龍人に改心なんてできるわけないんだ。俺たちを油断させようっていう罠だ」

「そんな……いくらなんでも言い過ぎではありませんか」

「前線で戦えばおまえにもわかる」

「……っ」

そんなふうに言われてしまうと、紬には返す言葉もない。

オルデリクスも続けた。

「ローゼンリヒトは三国同盟を締結している。ここでゲルヘムを擁護《ようご》しては、他の二国を裏切ることになる」

「そうだぞ。それに、こいつらが亡命に成功したら、残ってるやつらも追いかけてくるに違いない。部族まるごと受け入れるなんて絶対無理だ」

「決してご迷惑になるようなことはいたしません。条件がありましたらなんなりと！」

マヌーンは懸命に食い下がる。ダダもとっさに加勢に身を乗り出そうとしたが、断食《だんじき》のせいか、細い身体がグラリと傾いだ。

「あの」

見ていられなくて、紬は勇気をふり絞ってもう一度口を開いた。

「どうか、ぼくからもお願いします。生まれ育った国を捨てるなんて並大抵のことではありません。どれほど辛い決断だったか……。ぼくには気持ちがわかるんです」

自分もかつて、日本を捨てた。オルデリクスと生涯をともにするためローゼンリヒトに残ることを選び、ロズロサによって人々の中から及川《おいかわ》紬の記憶を消した。自分は生まれなかったことになった。

それでも今こうしていられるのは、ここに居場所があるからだ。

ましてや彼らは当てもないまま祖国から追われた。いくら暴虐王《ぼうぎゃくおう》から逃れるためとはいえ、亡命に葛藤《かっとう》がなかったはずがないし、今なお不安の渦中にいるだろう。

「陛下。イシュテヴァルダとアドレアにご相談なさってはいかがでしょう」

エウロパも助け船を出してくれる。

それでも、オルデリクスとギルニスは頑《がん》として首をふった。

「ならぬ。そんな話を持ち出すこと自体、受け入れられるものではない」

「危険因子《いんし》を城に招き入れることになるんだぞ。俺たちはいったいなんのためにこれまで命懸けで城を守ってきたと思ってるんだ」

肉食獣人のふたりの温度感は高い。実際に戦場に出ていたからこそ、体感としてわかることや腹に抱える思いもあるのだろう。考えは易々《やすやす》とは覆《くつがえ》りそうになかった。

「おっしゃること、わかります。オルデリクス様やギルニスさんたちが守ってくださっていたおかげで、こうして今があることも……。でも、ここで受け入れを拒めば彼らはどうなってしまうのか。それがぼくには心配なのです」

「陛下、逆にお考えになってはいかがでしょう。これを足がかりにゲルヘムとの今後の交渉を有利に進めるのです」

一筋縄ではいかないからこそ、紬とエウロパも言葉を尽くす。

意見は真っ二つに割れた。図らずも、オルデリクスたち戦場に出ていたものと、紬たち城を預かっていたものとの対立構造だ。マヌーンたち三人はすっかり蚊帳《かや》の外の有様で、固唾《かたず》を呑んで成り行きを見守っている。

いくら王妃とはいえ、首を突っこんでいい話ではないかもしれない。

けれど、ここで折れたら彼らは国に送り返され殺されてしまう。あるいは意地を張って食べものを受け入れず、自ら餓死《がし》する道を選ぶかもしれない。それを思ったら、なんでもいいから譲歩を引き出したかった。

「まずは懸念を払拭するところからはじめてみませんか。オルデリクス様の信頼を勝ち得るためなら、きっとよろこんでローゼンリヒトのために尽力してくれるはずです」

「それが相手の思う壺だと言うのだ。最中に細工でもされたらどうする」

「それなら、四六時中見張りをつけては」

「誰がそれをやると言うのだ。……よいか、ツムギ。おまえの言いたいことはわかるが、あまりに現実的ではない。俺はローゼンリヒトの王として、この国を守ることを最優先に考える義務がある。おまえとてそうなのだぞ」

「おっしゃるとおりです。ぼくだって、ローゼンリヒトに万が一のことがあってはならないという気持ちに変わりはありません」

「ならば」

「ですが」

気持ちが昂るあまり、二の句を奪うようにして言葉を重ねる。

「国を捨て、身ひとつで逃げてきた人たちに恩情はないのですか。それができるのはオルデリクス様、あなただけなのに」

「同情で国を護ることはできない」

「だったら、ぼくはどうなります」

言葉にした途端、頭の中で警鐘が鳴った。これ以上言ってはいけないと訴えている。

それでも口にせずにはいられなかった。

「素性の知れない余所者《よそもの》のぼくを受け入れることだって、本来おかしなことだったはず」

「なっ……」

オルデリクスが言葉を呑む。ギルニスも、エウロパもだ。ローゼンリヒトの面々がいっせいに顔色を変えたことにマヌーンたちも目を瞠った。

自分でもわかっている。これを言ったらすべてが根底から覆ってしまうと。生涯の伴侶としてお互いを選び合ったことも、アスランの母として専属料理人を務めていることも、かわいい王子ふたりをもうけたことも、なにもかも。

それでも、相容《あいい》れないものを拒むというのはそういうことだ。

「……おまえは、敵ではない」

オルデリクスが辛《かろ》うじて絞り出す。

「でも、ぼくがなにものなのか、あの時誰も取り調べようとしませんでした。それは城に危険因子を招き入れることとなにが違うんですか」

苦悶の表情を浮かべるオルデリクスに胸はざわざわとざわめいた。正論で追い詰めてもしかたないとわかっているのに言葉にせずにはいられない。

けれどそれは同時に、鋭い刃となって紬自身をも追い詰めた。

自分は、ここにいていいのだろうか。そんな不安が頭を擡《もた》げる。

今更どこに行く当てもないのに。……いや、違う。彼と離れては生きられない。自分はもうこの国を終《つい》の棲家《すみか》に選んでしまった。

でも、それらが全部、はじめから間違っていたのだとしたら――。

「……」

堂々巡りが止まらず、奈落《ならく》の底に吸いこまれていきそうで怖くなる。

エウロパが場を取りなし、謁見の終了が告げられるまで、紬は身じろぎもせず床を見つめるばかりだった。

どうしてあんなことを言ってしまったんだろう——。

＊

後悔で押し潰されそうになりながら数日が過ぎた。

あれ以来、オルデリクスとの間に会話らしい会話はなく、マヌーンたちの処遇《しょぐう》は棚上げになっている。いつまでもこのままでいられるわけもなかったが、どうすればいいのか、まるで出口が見えなかった。

自分たちの在り方を、どうすれば肯定できるのか。

そして、身ひとつでこの国に辿り着いた青年たちをどうしたら救うことができるのか。

考えてもすぐに答えは出ず、紬は気持ちを切り替えようと子供たちの部屋へ向かった。

悩ましい毎日の中、愛しい我が子と過ごす時間はますます貴重なものになっている。顔を見れば気持ちも和《なご》み、また気力も湧いてくるかもしれない。

子供部屋を訪れると、すぐにマリーナが出迎えてくれた。

「先ほどお休みになったところです。ぐっすり眠っておいでですよ」

「いつもありがとう。マリーナ」

「畏れ多いお言葉でございます。さぁ、ツムギ様。天使のようにかわいらしい寝顔を見てあげてくださいませ」

マリーナがにっこりと微笑みながら紬を促す。

足音を立てないようにそっとベビーベッドに近づくと、子供たちはバンザイをしたまますうすうと気持ち良さそうに眠っていた。あんな大変なことがあったのに、この子たちはなんて逞しいのだろう。

エウロパやマリーナをはじめとするスペシャルケアチームの献身的な看護のおかげで、双子たちの発疹はきれいに消えた。はじめての育児、はじめての病気で毎日気が気ではなかったけれど、ようやくひとつ、山を越えたような気がする。

「よく頑張ったね。ふたりとも」

かけがえのない大切な命。それが失われずにほんとうに良かった。

そんな親の思いをよそに、子供たちはよだれで顔をベトベトにしたり、寝ぼけて自分の指をちゅくちゅく吸ったり、あるいは「ぷー」と鼻を鳴らしたりとかわいいの大渋滞だ。かわいくてかわいくて、見ているだけで泣きたくなる。

じっと見つめていると、弟のフランツが目を覚ました。

「あー」

紬に気づくなり、椛のような手を伸ばしてくる。生まれたばかりの頃は兄に比べて主張することの少なかったフランツだが、今では喃語《なんご》でお喋りをしたり、にこにことよく笑うようになった。

「あ。あ。あー」

抱っこのリクエストだ。両脇の下に手を差し入れて抱き上げると、母親の匂いをかいで安心したのか、赤ん坊はぺたんと身体を預けてきた。あたたかく、しっとりと重みのある命を抱き締めながら、紬は父親譲りの金色の髪に頬擦りする。

オルデリクスと出会ったことでこの子は生まれた。遠い世界から来た自分をありのまま受け入れ、そして愛してくれたから。

出会った時には想像もできなかったような未来だ。はじめてオルデリクスの前に連れていかれた時のことを今でもはっきりと覚えている。

持つべきものをなにひとつ持たず、なんの後ろ盾もなく、スパイではないかと疑われながらもなんとかこの国に留まることを許された紬にとって、三人の青年たちは決して他人とは思えなかった。

腕の中でうとうとしはじめたフランツをあやしながらしみじみと思う。

マヌーンたちにも、こうして彼らを腕に抱いた両親がいたに違いない。

それなのに王の独裁政権が、不安定な国の情勢が、しあわせな時間を彼らから奪った。

自分が彼らの親だったらと思うと胸が張り裂けそうになる。子供だけでも安全な場所でしあわせになってほしいと願う気持ちと、生み育てた地でともに暮らしたいという切望がない交《ま》ぜになって、どんなに苦しかったことだろう。

親の我儘で子を縛ってはいけないと断腸《だんちょう》の思いで手放したのではなかったか。どんな思いで今生《こんじょう》の別れを見送ったのか。

——自分だったら耐えられない。

フランツをひしと抱き締める。この子から離れて生きるなんて考えられない。

けれど亡命とはそういうことだ。すべてを捨てて逃げてもなお、安住の地を得られるかどうかはわからない。そんなところが過去の自分に重なった。

どうやったら彼らの居場所を作れるだろう。どうやったら皆の信頼を勝ち得るだろう。

敵国の人間であっても捕虜《ほりょ》にされるのでなく、尊厳を持ったひとりひとりの人間として、どうすれば認めてもらえるだろう。

なにか特技があればいいだろうか。自分が料理をしてみせたように。

そこまで考え、紬はすぐに首をふった。だめだ。自分の時ですらアスランに食べさせる前に毒味係が呼ばれたのだ。敵国の人間が作ったものなんて毒を盛ってあるに違いないと一刀両断されてしまう。

彼らが武術や護身術を体得しているなら、それを教えてもらうというのはどうだろう。城を守る草食獣人たちの心得として役に立たないだろうか。それともそれも余計な争いの種になると一蹴《いっしゅう》されてしまうだろうか。

頭を捻るものの妙案は浮かばず、そのうち腕が痺れてきて、フランツをそっとベッドに戻す。

すうすうと寝息を立てる赤子の前髪をかき上げ、かわいいおでこに目を細めた。

生まれてすぐはミルクもほとんど飲まず心配していたのに、いつの間にかずいぶん重たくなってきた。彼の中の生きようとする力が今の彼を作っているのだ。この小さな身体にいったいどれだけのエネルギーが秘められているのだろう。

ルドルフも、アスランもそうだ。すぐ傍にいる紬でさえ気づかないうちに、心も身体も毎日どんどん強く逞しくなっていく。

「すごいことだな……」

我が子を持つまで、考えたこともなかった。

子育ては自分を育てることでもあるというけれど、ほんとうにそのとおりだ。新しい視点をもたらしてくれるばかりか、その解像度は日増しに高く、そして鮮明になっていく。

——ぼくたちのところへ来てくれてありがとう。

そんな気持ちをこめて子供たちにそれぞれキスをする。

あとのことをマリーナに任せると、紬は子供部屋を出て庭園へと足を向けた。もう少しひとりで考えたかったのだ。

三人の青年を助けたいという思いが強まる一方で、肝心の方法が見つからないままでは先に進めない。なんとか糸口を掴めれば藁《わら》にも縋るような思いで庭に降りると、満開の薔薇の中にアスランとミレーネの姿があった。

「かあさま！」

目敏《めざと》く紬の姿を見つけたアスランが真っ先に声を上げる。

少し前、離宮に赴く際にもオルデリクスとふたりで薔薇を眺めたことを思い出しながら紬は手をふり返した。あの時は、アスランの赤ちゃん返りに頭を悩ませていたのだっけ。

駆け寄ってくるアスランをしゃがんで待ち受け、抱き締める。

「アスラン。今日も元気いっぱいだね。お散歩してたの？」

「そう。ばら、みにきたの」

あの後、オルデリクスから赤い薔薇が国花であることを教えられたアスランは、自分のしたことを反省し、花にとてもやさしくなった。それどころか俄然興味を持ったようで、毎日のようにミレーネとともに庭園を散策している。

そんな前向きさにうれしくなりながら、「せっかくだし、少しお話ししよう」と誘ってアスランとともにベンチに座った。少し離れたところで控えるミレーネにも休んでもらい、美しい庭を並んで眺める。

けれどすぐ、こちらに視線を戻したアスランが不思議そうに首を傾げた。

「かあさま。げんきないね？」

「え？」

ズバリと言い当てられて驚いてしまう。

慌てて「なんでもないよ」と笑ってごまかそうとしたものの、アスランは譲らなかった。

紬が悩んでいるのを察したのだろう。ぎゅっと手を握りながらまっすぐに見上げてくる。

「かあさま、アシュがなーんでもきいてあげるよ。こまったことがあったら、かあさまにいってねって、まえにいってた」

「そう、だっけ……」

「そうだよ。アシュは、ちゃんとおぼえてるよ」

アスランに「かあさま、ひくくなって」と言われて素直に上体を傾けると、彼は大きく伸び上がって紬の頭を撫でてくれた。

「よしよしって、してもらうと、うれしいでしょ？」

「アスラン……」

思いがけないやさしさに胸がきゅうっとなる。

「うん。うれしいね。すごくうれしい」

紬がよろこぶのを見てアスランもうれしそうだ。

屈託のない笑顔を見ているうちに心の枷《たが》が外れたためか、相手が子供であるにもかかわらず本音がつい口からこぼれた。

「母様ね、父様と喧嘩しちゃった」

「そうなの！」

アスランが目を丸くする。「たいへんだ！」と小さな手で口を覆い、母親の一大事とばかりに背筋を正した。

「どうして、けんかしちゃったの？」

「お互いの意見が食い違っちゃって……えっと、つまり――」

どう言ったら三歳の子に伝わるだろう。

紬は言葉を選びながら、敵国から逃げてきた若者たちがいること、彼らを守ってあげたいと思っていること、けれどオルデリクスは国のために敵を庇《かば》いたくないと考えていることと、そんな気持ちが対立したのだと簡潔に伝えた。

あえて余所者の話はしなかったけれど、アスランには思うところがあったようだ。

「アシュが、たすけてあげる！」

いつになく強い眼差しを向けられてドキッとなる。戦場に赴《おもむ》く時のオルデリクスによく似ていたからだ。

紬が驚いて見入っていると、アスランはもう一度紬の手をぎゅっと握った。

「アシュがいるから、だいじょうぶだよ」

「アスラン……。ありがとうね。アスランはやさしいね」

三歳なのになんて頼もしいんだろう。その気持ちがなによりうれしい。

励ましてくれたお礼に額にキスをして、抱き締めて、それでこの話は終わりだと思っていたのだけれど、アスランはなぜか勢いよくベンチを降りた。

「かあさま、はやく」

「え？」

強引に手を引っ張られ、言われるがままに立ち上がる。

「そのひとたちのところに、いっしょにいこ」

「その人たちって……もしかして、逃げてきた人たちのこと？　行くの？」

「いくよ！」

　アスランの表情に迷いはない。

　まさか会いたいと言われるとは思わなかったが、彼なりに考えがあってのことだろう。自分を一番最初に助けてくれたのもアスランだ。彼には、目に見えないなにかを感じ取る不思議な力があるのかもしれない。

「よし。じゃあ、行こうか」

　導かれるようにして紬はアスランやミレーネとともに庭園を後にした。

　向かったのは主塔の最下層にある地下牢だ。敵国の人間を客人としては扱えないため、しかたなしに捕虜を収容するための部屋を宛てがっている。窓もなければ一切の自由もないその部屋は、かつてダグラスの計略によって紬も閉じこめられたことがあった。

　当時の絶望が甦《よみがえ》りそうになり、頭をふって余計な考えを追い払う。

　階段を降りていくに従って空気はひんやりと冷たくなり、地下牢特有の異質な雰囲気に気圧《けお》されそうになった。ミレーネは肩を縮こまらせている。そんな中、アスランは物怖じもせずズンズンと突き進んでいった。

監視に鍵を開けてもらい、地下牢に入る。

中にはエウロパの姿があった。医師として三人の体調管理に当たっているのだろう。

「ツムギ様。どうしてここへ」

「突然すみません。実は……」

「王妃陛下！　それに、王太子殿下も！」

紬が訳を話すより早く、マヌーンがこちらに気づいて立ち上がる。他のふたりも慌ただしく腰を上げると、驚いている紬たちに向かって揃って最敬礼を捧げた。左右のこぶしを突き合せるゲルヘム式ではなく、右手を胸に当てるローゼンリヒト式だ。

「これは突然のお渡り。お見苦しいままでお迎えすることをどうかお許しください」

「いいえ、ぼくの方こそ驚かせてしまいました。そうしてローゼンリヒトに敬意を表してくださったこと、うれしく思います」

この国の人間たらんと、見よう見まねで覚えてくれたのだろう。

「王妃陛下」

今度はダダだ。

「国王陛下の前で俺たちを庇ってくださって、ほんとうにありがとうございました。俺、このご恩は一生忘れません」

祖国には二度と生きて戻れぬ以上、亡命が失敗したらバーゼル川に身を投げて死ぬ覚悟だったという。

無理もない。着の身着のままでやってきた彼らがローゼンリヒトを越え、遠くイシュテヴァルダまで歩いていくことは不可能だ。何十日とかかる上に飲まず食わずで、宿に泊まる金もなく、さらには一目で龍人とわかる外見によって石を投げられる可能性だってある。安全に陸路を渡るなんて無理だ。かと言って、海路を辿ればかつての仲間たちからどんな報復があるか考えるだに怖ろしい。

紬はぶるりと身をふるわせながら、せめてもの思いでダダの手を取った。

「死ぬだなんて言わないでください。一緒に生きる道を見つけましょう」

「王妃陛下……」

ダダが唇を噛み締める。握った手のなんと細いことか、なんと傷だらけで荒れていることか。彼の艱難苦難を思い、紬はただ強く握り締めることしかできなかった。

思いをこめて見つめ合っていると、ツンツンと袖を引っ張られる。アスランだ。

「アシュも、おはなしする」

「あ、そうだったね。ごめんごめん」

紬はダダの手を離すと、三人にアスランを引き合わせる。

「ローゼンリヒト王太子のアスランです。皆さんに会いたいというので連れてきました。アスラン、彼らはゲルヘムから来たマヌーン、ダダ、ヤトゥだよ」

ひとりずつ紹介すると、アスランは異国の人間の風貌に興味津々といった表情でじっと見入った。それからトコトコと近づいていって、まっすぐにマヌーンを見上げる。

「マニュー？」

「マヌーンでございます。王太子殿下」

「マニュー。ダダ。ヤト」

「ヤトゥでございます。王太子殿下」

名を間違われたマヌーンやヤトゥは、些《いささ》か困惑しながらもていねいに訂正した。覚えのあるやり取りについぷっと噴き出してしまう。紬が自己紹介した時も「チムミ」「チュグイ」とたくさんのバリエーションを作り出した挙げ句、どうにもならず「チー」に落ち着いたのだっけ。

彼の年齢ではまだ馴染みのない名前を正しく発音するのは難しいのだろう。「マニー？」「マムーン？」「ヤタウ？」「ヤトー？」と何度も言い直しては、そのたびに笑いを誘っている。唯一最初から正しく名前を呼んでもらえたダダだけは、「殿下」「ダダ」とお互いを呼び合って楽しそうだ。

　はじめのうちは王太子相手に緊張を隠せなかった若者たちも、今やすっかりアスランのペースに嵌《はま》っている。幼子の目線に合わせてしゃがんだ三人を囲むように紬たちもその場に腰を下ろした。

「マニューのおめめは、どうしておひさまのいろなの？」

「私の母が、遠い南の国の生まれだからでございますよ。船で何日も何日も航海した先にある楽園なのだと聞きました」

「らくえん……？」

「そこでは、ノースブルーという宝石が取れるのだそうです。近年は採掘も進み、鉱物も乏《とぼ》しくなりつつあると聞きましたが……。乙女の涙を固めたような、それは美しい石なのです。そんな宝石とは対照的に、人々は赤銅や橙《だいだい》などの赤い瞳をしているとか」

　マヌーンの母親は貿易船に乗ってルクシュへ辿り着き、そこで生涯の伴侶に出会ったのだそうだ。

「母からは異国の文化を教わりました。歌や踊り、それに楽器の好きな明るい人でした。こうして離れていても歌が我々をつないでくれます」

　楽器は置いてきたけれど、歌ならば身ひとつで叶うとマヌーンは微笑む。ためしに一節《ひとふし》歌ってみせると、アスランが「わぁっ」と声を上げた。

「マニュー、もっと」

「畏まりました。では」

求めに応じてマヌーンはさらに一節歌う。艶やかで伸びやかな、とても美しい歌声だ。アスランが早速それを真似ると、マヌーンは節回しや息継ぎなどをひとつずつていねいに教えてくれた。

「もっと。もっと」

すぐにコツを掴んだアスランは楽しくてしかたがないようだ。一緒に歌を歌うふたりに頬がゆるんだ。

「マヌーンはルクシュ一の歌い手で、古い民話や伝記を歌にして語り継ぐ語《かた》り部《べ》の役割も担《にな》っておりました。そのせいで、思想統一を目論《もくろ》むゲルヘム軍からは目の敵にされ……」

それまで黙っていたヤトゥが言葉を挟む。

「彼の母は子を守るため、人前で歌うことを禁じました。ですから彼は夕方になると人里離れた山に行き、竪琴をつま弾《び》いて歌ったのです。山の神に祈りを捧げるのだと言って」

夕焼けの中、全身をオレンジに染めながら歌うマヌーンを、人々は密かな心の支えにしていたという。

「私もそのひとりでした。彼の歌声に耳を傾けながら夢想に浸るが好きだったのです」

「ヤトゥは哲学者なんです。それから、数学者」

ダダが横からひょいと割りこんでくる。

「ヤトゥに相談すればなんでも解決してくれます」

「ダダ。滅多なことを言うものではありませんよ。私はただ問題を多角的に捉えることが好きなだけです。それは、己に向き合うことにも通じるものがあると」

ヤトゥは、村にひとつだけの学校に教師として務めていたそうだ。どうりでとても落ち着いている。

「先生がいなくなってしまったら、子供たちも寂しがっているでしょう」

「たくさん泣かせてしまいました。私は、あの子たちに学ぶ楽しさを知ってほしかっただけなのに……」

優秀な兵士を作るという目的で戦争や地理に関することだけを教えるよう国から指示があり、それに反したものは厳しく罰すると脅された。それでもヤトゥはこれまでどおりの授業を行い、思想は自由であることを説いた。真っ向から国のやり方に反対したのだ。

「そのせいで追われる身となり、この有様です」

「だからやめろって言ったのに」

ダダが悔しそうに吐き捨てる。

「国家に逆らって無事でいられた人間なんてひとりもいない。刃向かうことは死ぬことと同義だ。俺の友達だってそれで連れていかれたんです。両親も……」

彼の両親は子の目の前でゲルヘム軍に殺されたという。ショックで口も利けなくなったダダを保護したのがマヌーンの両親だ。それ以来、ふたりは兄弟同然に育った。

「死んだ人は星になるって聞いて、子供の頃は空ばかり見ていました。流れ星が流れると帰ってきてくれたような気がして」

「ダダは努力家なんです。星に興味を持ったことから天文学を学んで、それを私に話して聞かせたい一心で声も出せるようになって……占星学《せんせいがく》も修めました。星の巡りを読んで、天候や未来を伝える役割として村では重宝《ちょうほう》されていたんです」

「マヌーンがきっかけをくれたから。でも……軍がきて、全部終わった」

畑を荒らされ、家を壊され、見るべき未来などなくなってしまったとダダは続ける。

あまりの話に眩暈《めまい》がした。彼らは生まれ育った環境に屈することなく業を磨き、人々のために尽くしてきたにもかかわらず、ゲルヘム王の思い通りにならなかったというだけで身ひとつで国を追われたのだ。

絶句する紬をよそに、アスランはダダの膝に乗り上げる。驚いているダダの服を両手で掴むと、それを支えにグリグリと頭を押しつけた。

「さみしくないよ。アシュがいるよ」

「王太子殿下」

「マニューも、ヤトも、さみしくないよ。アシュのとこにきたらいいよ」

思わずエウロパと顔を見合わせる。彼は、トレードマークの長い顎鬚《あごひげ》に手をやりながらしばし考えていたものの、少しすると「なるほど」と頷いた。

「アスラン様の先生としてお迎えになるということですな」

「先生？　でも、すでに教育係にはジルが」

「彼は帝王学や歴史を専門としております。それが王太子教育の土台となりますからね。ですが、せっかくこうしてそれぞれの専門家が揃われた。学びたいと思われるのならば、きっと良い効果がありましょう。学びは好奇心からと言うではありませんか」

「なるほど。アスランは人に役割を与える天才ですね。ぼくの時と一緒だ」

アスランの頭をそっと撫でてやる。にこにこと屈託なく笑う顔は三歳児そのものなのに、なんとも不思議な子だ。

エウロパとのやり取りを遠慮がちに見ていたマヌーンに気づいた紬は、「ぼくも同じなんですよ」と打ち明けた。

「もしや、この間おっしゃっていた『余所者』というお言葉は……」

「ええ。そうです」

紬は、この国に着の身着のままでやってきて、アスランに助けられて専属料理人になり、その後王妃となった経緯を話して聞かせる。

三人は紬のことを王族に嫁ぐほど身分の高いローゼンリヒト人だと思っていたそうで、なんの後ろ盾もないのに自分たちを庇ったことが信じられないようだった。

「なぜ、そうまでして私たちを……」

「無茶です。王妃陛下」

「ご自身の身の安全をお考えにはならなかったのですか」

「え？　えと……」

詰め寄られて驚いたのは紬の方だ。なぜと言われても、そうしたかったからとしか答えようがない。彼らの命の危機だったのだ。

そう言うと、マヌーンたちはしばらく目を閉じた後で、三銃士よろしくいっせいに顔を上げてみせた。

「かくなる上は、我ら王妃陛下のために命を賭けるとお誓いいたします」

「そっ、そんなことといけません。命は大切にしてください」

「ならばせめて、忠誠の証にこれを」

マヌーンが首から提げていたものを外して差し出してくる。ちょうど五百円硬貨ほどの大きさだ。虹色光沢《こうたく》を持った貝の内側のように、角度によって淡いピンクやクリーム色、それに薄紫色にも見える。ゆるやかに湾曲した形状は薔薇の花びらのようだった。

「これは……？」

「〈龍の鱗《うろこ》〉です」

龍人の身体から生涯一度だけ剥《は》がれ落ちるというそれは、水を自由自在に操る不思議な力を宿しているという。

本来は、子供が生まれた時に『成人までのお守り』として持たせるものなのだそうだ。子が複数いる家庭では鱗を長子に持たせ、次子以降は一年に一度、鱗で頭をひと撫でることで代用すると聞いて、瞬く間に目の前がパッと開けていくのがわかった。

これがあれば、龍人に襲われても人が死なない。無理矢理水中に引きずりこまれて命を落とすことはもうないのだ。

「そんなものがあったなんて……」

信じられない思いだった。

しかも、鱗で頭をひと撫でするだけで同じ効果を得られるのなら、ローゼンリヒトの民全員を守ることができる。今より断然安心して暮らせるようになる。

けれど。

大事なことに気がついて紬はハッとした。これを差し出すということは、龍人の強みを殺すことになる。それだけではない。自分の子供が生まれてもお守りを渡してやれないということだ。

「なぜ、そんな大事なものをくれるんですか」

「我々を信じてくださったからです」

きっぱりと告げるマヌーンに、他のふたりも力強く頷く。

「我々はすでに国を捨てた身。親を看取《みと》ることや子を成すこと、すべてと引き換えにここへ来ました。ですからもう私たちには必要のないものです。それでローゼンリヒトのお役に立てるのならば、どうか」

はじめて会った時、彼のオレンジがかった瞳を夕日のようだと思った。

けれど今はそこに炎が重なって見える。真摯に語る姿に胸を打たれながら紬はもう一度〈龍の鱗〉に目を落とした。

エウロパも興味深そうに覗きこんでくる。

「エウロパさんは〈龍の鱗〉をご存じでしたか」

「恥ずかしながら私もはじめて目にいたします。このようなものがあったとは……」

生き字引と呼ばれる彼ですら知らなかったのなら、相当な機密事項だったのだろう。

ごくり、と喉が鳴った。

「エウロパさん。これがあれば……」

「ええ、私も同じことを考えておりますよ。ツムギ様」

「それなら」

思いつきが確信に変わった瞬間、いても立ってもいられなくなった。紬は慌ただしく三人に礼を言うと、アスランをミレーネに任せてエウロパとふたりで地下牢を飛び出す。この時間、オルデリクスは執務室にいるはずだ。彼の右腕であるギルニスも。

息を切らせながら階段を駆け上がり執務室を目指す。ドアの前にいた護衛に訳を話し、侍従に取り次いでもらう間中、胸がドキドキしてたまらなかった。

――受け入れてもらえるかな……そうであってほしい……。

祈るような気持ちで呼び出しを待つ。

ほどなくして部屋に入ることを許された紬は、入室の挨拶もそこそこに小走りでオルデリクスに近づいた。すぐ傍にはギルニスもいる。運良く軍事関係者の顔もあった。ちょうど会議が終わったところのようだ。

「どうしたのだ、ツムギ。なにかあったか」

怪訝な顔をするオルデリクスに、紬は息を整えながら「はい」と頷いた。

「大切なお話があります。ローゼンリヒトにとって、とても良いご報告が」

一か八か、賭けのような気持ちで執務室のテーブルに鱗を置く。

「〈龍の鱗〉です。水を自在に操る不思議な力があります」

そう言った瞬間、場がざわめいた。ギルニスも食い入るように三つの鱗を見つめている。

息を呑んでいたオルデリクスが、ややあって冷静に口を開いた。

「これを、どうやって手に入れた」

「三人の若者たちです。ローゼンリヒトの民を守るために役立ててほしいと」

「嘘だ」

ギルニスがすかさず首をふる。

「龍人は裏切る生きものだ。絶対になにか裏がある。……俺の父親はあいつらにやられた。助けた恩を仇で返しやがったんだ」

ギルニスの父親はその昔、戦場でとあるゲルヘム兵を庇った。戦況はローゼンリヒトに傾いており、攻撃の必要性がなかったからだ。だが龍人は恩人を裏切り、足に生涯残る傷を負わせた。ギルニスの父親は年老いた今も不自由な生活を強いられているという。

「だから、ギルニスさんは……」

あんなにも強く反対したのだ。彼にとってゲルヘムは裏切りの象徴そのものなのだろう。

「それでも、ゲルヘムの人間が皆そうではありません。現にあの三人は、ゲルヘム軍に生きる場所を奪われたルクシュの民です。立場的にはぼくらと同じです」

「綺麗事《きれいごと》を」

「いいえ。生半可《なまはんか》な覚悟でこれを差し出したわけではありません」

紬はマヌーンたちから聞いた話をそっくり伝える。その場にエウロパがいてくれたため、紬の話す内容に嘘偽りがないことを口添えしてもらった。

身動《みじろ》ぎひとつせず報告を聞いたオルデリクスがギルニスと顔を見合わせ、それでもまだ半信半疑の面持ちでこちらを見る。

「生涯ただ一度のものを捧げる、と……？」

「自らゲルヘムを裏切るっていうのか」

ギルニスもまだ信じられないという表情だ。だからこそ、紬は力強く頷いた。

「彼らは、内通者ではありません。これを差し出してくれたことがなによりの証拠です。〈龍の鱗〉があれば、もうゲルヘムの奇襲を恐れることはありません。これまで最前線で国を守ってきてくださったオルデリクス様やギルニスさんも、軍の皆さんも、国境付近の農民の方々も、誰もが安心して暮らせるようになる。そのためのお守りです」

「わかった」

　オルデリクスの返事に、その場にいた全員が国王に注目する。

「三人を呼べ。直接確かめる」

　侍従が「はっ」と一礼して部屋を出ていく。

　ほどなくして連れてこられた若者たちはさっきまでとは打って変わって、数日前の謁見を思い出してか、ひどく緊張した様子だった。それでも紬が声をかけるとほっとした顔をしてみせる。

「〈龍の鱗〉とやらを詳しく話して聞かせろ」

「畏まりました」

　マヌーンが最敬礼から顔を上げ、まっすぐにオルデリクスを見上げた。

「我々龍人は、獣化によって体表に鱗を纏います。極限まで水の抵抗をなくすとともに、外敵から身を守り、水中での機動性を上げるためと言われております。そんな鱗は成長とともに何度か生え替わりますが、〈龍の鱗〉は成人する時に剥がれ落ちる、言わば力の結晶のようなもの。逆に言えば、それがなくても自在に水を操ることができるからこそ成人と認められるのでございます」

「成人の通過儀礼のようなものか」

「さようでございます。剥がれた鱗はペンダントにして子に託し、子は親の力に守られながら大きくなります。基本は長子相続となりますが、充分な力が備わったと思えた時点で弟妹へ受け継ぐこともございます」

「なるほどな。だがそのような貴重なもの、売買の対象となるのでは？」

「固く禁じられております。鱗は龍人の身体から生まれるもの。つまり、鱗を見れば誰のものか特定できてしまうのです。報復の怖ろしさを考えれば、おいそれとできることではございません」

〈龍の鱗〉の存在を公にすること自体禁じられている行為だとマヌーンは続ける。

「他の国はそれを知らないと？」

「おそらく。ゲルヘムはよほどのことがない限り、外部の人間を受け入れることはいたしません」

「それでアドレア軍の駐留《ちゆうりゆう》をあれほど嫌がっていたわけか。……なるほど、おまえの言うことはわかった。ならば実物の効果を試してみよう」

オルデリクスの言葉に、紬は真っ先に立ち上がった。

「オルデリクス様」

「あぁ」

受け入れてもらえそうな気配にマヌーンたちをふり返る。彼らもまた昂奮を隠しきれない様子だ。

すぐに中庭に関係者が集められ、運びこまれた水槽を使って実験することになった。

本来であれば、実戦さながらにバーゼル川で龍人相手に試してみたいところだが、ゲルヘムの目と鼻の先でそんなことをしては挑発行為になってしまう。ローゼンリヒトに龍人がいることは伏せておかなければならないとの考えから疑似環境での実験となった。

マヌーンが進み出て、〈龍の鱗〉を持ったオルデリクスに使い方をレクチャーする。

「指で方向を示していただければ、水は指示された方へと流れます。手刀《しゅとう》で水を割っていただければ左右に分かれ、渦《うず》を描けば渦潮《うずしお》が。波を立てて敵を襲うことも、逆に引き潮を作って相手を水中に誘いこむことも自由自在でございます」

「ほう」

オルデリクスは試しに人指し指をツイと動かす。

するとその途端、それまで波紋ひとつなかった水面にたちどころに水流が生まれた。

「おおっ」

見守っていた一同から響めきが上がる。

彼が立て続けに手刀を繰り出すと、水は十戒《じゅっかい》よろしく水槽の底までぱっくり割れた。

「こんなことが……。水に触れてもいないのにだ」

「それが〈龍の鱗〉でございます。鱗を持たない方にもぜひ」

「オルデリクス。俺が」

名乗り出たギルニスの頭をオルデリクスが〈龍の鱗〉でひと撫でする。軽く触れさせただけで効果は出るのだろうかと見ている紬も不思議だったが、ギルニスがこぶしを突き出した瞬間、本物だと確信した。盛り上がった水の壁が大波となって水槽の縁を飛び越え、そのまま地面にあふれたからだ。

ギルニスは呆然としたまま自分の手と水面を交互に見ている。彼だけではない。誰もが目を丸くしながら口々に「すごい」「魔法だ」と囁き合った。

「充分実戦に耐えると俺は思うが、どうだ」

オルデリクスの言葉に、ギルニスがハッと顔を上げる。

「そう、だな。これなら龍人たちに水の中に引きずりこまれても、生きて戻れる」

参謀のお墨付きが出たことで、それまで息を殺して成り行きを見守っていたマヌーンたちが立ち上がった。

「もう一度聞く。〈龍の鱗〉は生涯一度しか生み出すことができないというが、それをこの国に捧げるというのだな」

オルデリクスの問いに三人は深々と頭を下げる。

「我々は王妃陛下に忠誠を誓った身。そのお命をお守りするためなら、そして王妃陛下が大切に思われるこのローゼンリヒトを守るためなら、惜しくなどございません」

「これは心強い味方を得たものだ」

オルデリクスが感心したように紬を見る。

「おまえにはほとほと驚かされる。よくぞこんな奇跡を引き寄せたものだ」

「ぼくの力ではありません。アスランが」

「アスランが？」

驚くオルデリクスに、エウロパが経緯を説明する。地下牢に入ってくるや、あっという間に三人と仲良くなったアスランの話を聞いてオルデリクスも苦笑した。

「あれもなかなかの力の持ち主のようだ。おまえに似たのか」

「オルデリクス様ですよ。そっくりな顔をしていましたから」

「俺とか」

「ええ。父様と」

親子水入らずの呼び方にオルデリクスはますます苦笑する。そうやって眉根を下げながらも、父親として息子を誇らしく思っていることが伝わってきた。

「今回のことは俺が預かる。敵の亡命者を匿う以上、相応の交渉材料が必要だと思っていたが、思いがけず良いものを得た。〈龍の鱗〉はアドレアとイシュテヴァルダ、それぞれに一枚ずつ分けよう。その上で相談をすることにする」

「オルデリクス様。それなら……」

「時間はかかるだろうが安心しろ。悪いようにはせん」

うれしい結果に叫び出したくなるのをこらえ、紬は「じゃあ!」と身を乗り出した。

「せっかくなので、もうひとつお願いしたいことがあるんです。アスランが、彼ら三人に先生になってほしいと言っています。マヌーンは音楽、ダダは天文学、ヤトゥは哲学と数学の心得があります。これからの時代、王様には文化芸術に関する教養も必要だと思うんです。音楽は晩餐会や国際交流の場で必ず必要になりますし、天文学や数学は国の運営にかかわるものです。哲学はそれこそ……」

「わかったわかった」

夢中で訴えるも、両手を広げられて止められる。

「そんなに言うなら好きにしろ」

「え? いいんですか? ほんとうに?」

「自分で言い出しておいてなにを言う」

「だって、勝手なことをって怒られるかもしれないと思って……だからたくさんアピールしなきゃって、一生懸命喋ってたんですけど……」

小首を傾げると、それを見たオルデリクスがふっと笑った。

「学びたいのなら学ばせてやれ。それに、あれは俺に似て頑固だ。だめと言って聞くものでもあるまい」

「オルデリクス様、自覚なさってるんですね……」

「なにか言ったか？」

「いいえ、なにも！」

ふたりのやり取りに、それまで黙って見ていたギルニスがぷっと噴き出す。彼が笑ったのをきっかけにしてエウロパや関係者もくすくすと笑った。

「オルデリクス様、もう一度言葉にしてください。マヌーンたちはローゼンリヒトにいていいんですよね。この城が居場所になるんですよね」

あらためての問いに、オルデリクスが三人を見る。

「あぁ。おまえたちを受け入れよう」

ついに出た国王の許可に若者たちは互いに顔を見合わせ、紬を見、オルデリクスを見、それから大慌てでその場に平伏した。

「ありがたきしあわせ……！」

「礼ならツムギに言ってやれ。おまえたちと俺をつないでみせた。その名のとおりな」

「オルデリクス様」

久しぶりに見る笑顔に心の底からほっとする。

やっと、これで三人の命がつながった。もうハンガーストライキなんてしなくていい。バーゼル川に身を投げることも考えなくていい。未来ある若者らしく生きていけるのだ。生きてさえいればなんだってできるのだから――。

そこまで考えて、紬はふと顔を上げた。

「ぼくも、ここにいていいでしょうか」

彼ら以上に縁もゆかりもない余所者の自分が。

オルデリクスはわずかに目を瞠った後で、盛大にため息をついた。呆れられてしまったかと身を硬くしていると、すぐさま大きな手が伸びてきてぐしゃぐしゃと髪をかき乱す。

「誰が離してやると言った」

「……え？」

「おまえは、誰がなんと言おうと俺の伴侶だ。俺だけのものだ。他の誰にも渡すものか」

「あ、あの、オルデリクス様」

「縁もゆかりもないというなら作ればいい。おまえは人と人、ものとものとをつなぐ存在なのだろう。自らの名にかけて俺も、アスランも、そしてこのものたちもつないでみせた。新たな命も生み出してみせた。これ以上のことが他にあるのか」

まるで怒ったように畳みかけられて返す言葉を失った。紬がなにものであっても構わないとオルデリクスは言っているのだ。

「この名前をつけてくれた両親に感謝しなくちゃ」

「そんなおまえを、俺はもとの世界から奪った男だ。おまえをしあわせにするために在る。だからどうか、俺の存在意義をなくすようなことを言ってくれるな」

「オルデリクス様……」

そんなふうに言ってくれるなんて。そこまでの覚悟を背負ってくれていたなんて。

「あなたにふさわしい存在になれるよう、ぼくも頑張ります。アスランのことも、ルドルフとフランツのことも。皆さんの助けを借りながら一緒に頑張っていきたいです」

「あぁ、そうだな。これからもよろしく頼むぞ」

「はい！」

清々しい声とともに頷く。

高揚感に包まれるまま、紬はオルデリクスの胸に飛びこんだ。

その日はどうやって一日を終えたのか覚えていない。

とにかく寝る前に一言お礼を言わなければと、眠い目を擦りながら寝室でオルデリクスの帰りを待った。

昼間にイレギュラーな時間を作ってもらったせいで、普段より政務が長引いているのだ。ほどなくして聞こえてきた足音に紬は椅子を立ち、一目散にドアへ駆け寄った。

「お帰りなさい。オルデリクス様」

「……起きていたのか」

オルデリクスは一瞬驚いたように目を開き、それからすぐに頬をゆるめる。

「先に寝ていても良かったんだぞ」

「いいえ。どうしてもお礼が言いたくて」

「そうだろうと思って急いで戻ってきた」

彼にはなにもかもお見通しだ。ふっと含み笑いするのを眩しい気持ちでふり仰いだ。

——この人で良かった……。

誇らしさに胸が詰まる。紬は思いをこめて見上げると、そのまま深く頭を下げた。

「マヌーンたちのこと、ほんとうにありがとうございました。それから、運良く〈龍の鱗〉が解決の糸口となったとはいえ、我儘を言って申し訳ありませんでした」

国の舵取りを担うオルデリクスとギルニスが揃って「否《いな》」を唱える中、王妃という立場でありながら反対し続けた。それなりに城内にも影響があっただろう。今にして思えば、もう少し穏便な解決策を探る方法もあったはずだ。けれど必死になるあまり、他に目を向ける余裕もなかった。

下を向く紬の肩に、ポンとあたたかいものが触れる。オルデリクスの手だ。

「頭ごなしに否定したのは俺の方だ。おまえだけが責められるものではない」

「でも」

「ローゼンリヒトの歴史の中で、ゲルヘムとは様々なことがあった。俺の兄も、俺の父も、敵国には手を焼かされてきた。ギルニスの父のような経験をしたものも多くいる。そんな過去の遺恨《いこん》から、国対国の問題には慎重にならざるを得なかったのだ」

オルデリクスは一度言葉を切ると、凛然と「それに」と続ける。

「俺には今だけでなく、未来に渡ってこの国と民を守る責任がある。この命が絶えた後もローゼンリヒトが栄え続けるように、子供たちに余計な重荷を継がせぬようにしなければならない」

それを聞いてハッとした。自分たちの次の代、アスランやルドルフ、フランツ、さらにその次に代替わりした時にこの国がどうなっているか、どうあるべきかまで考えて動かなければならないのだ。

「それなのに、ぼくは、なにも……」

彼らを守りたいという思いしかなかった。見殺しにしたくない、ただその一心だった。もう一度詫びる紬に、オルデリクスはやさしく首をふる。

「おまえが言いたいこともわかるつもりだ。人は本来、そうあるべきだと俺も思う。……戦いに身を投じていると価値判断を誤りそうになる」

「オルデリクス様」

「今回の件は難しい問題だと思っていた。根が深く、今後にも影響するだけにな。良い着地点を得てくれたものだ。おまえの懸命な説得と彼らを思う気持ちがあってこそだろう」

「そんな、ぼくの力ではありません」

彼らがローゼンリヒトに敬意を払ってくれたおかげだ。それも、もとを辿ればかつての国交、この国の先祖たちによるものだ。

そう言うと、オルデリクスは感慨深そうに頷いた。

「できることはまだある、ということだな」

「え？」

「諍《いさか》いは、俺の代で終わりにしなければ」

確たる表情に王としての威厳を見る。彼の心には様々なものが去来しているだろう。

紬はそっとオルデリクスの手を取った。

「ぼくにも協力させてください。この国の未来のために」

「ツムギ」

うれしそうに微笑んだオルデリクスに「もちろんだ」と手を握り返される。その強さを、そしてあたたかさを、自分は生涯忘れないだろう。

「おまえがいれば、俺はなんでもできそうな気がする」

「オルデリクス様」

「おまえは子供という宝物を俺にもたらしてくれた。アスランも頼もしく成長している。あれの持つ不思議な力もそのうち大きく花開くだろう。そのきっかけを作ってくれたのもツムギ、おまえだ。おまえはローゼンリヒトに明るい未来を引き寄せてくれる」

「ぼくだけでは、どれもなし得なかったことです。オルデリクス様がいてくださったから獣化することができましたし、子を授かることもできました。アスランが赤ちゃん返りをした時に支えてくださったのもオルデリクス様です。全部、あなたがいてくれたから」

お互いへの感謝と尊敬を胸に、どちらからともなく腕を伸ばして抱き締め合った。

「俺の伴侶がおまえで良かった」

「ぼくの伴侶があなたで良かった」

鼻先が触れるほど近くで見つめ合い、やがて微笑みとともに瞼を閉じる。

唇が触れた瞬間、身体の奥でなにかがシュワッと弾けるのがわかった。それは夏の日の炭酸水のようにあとからあとから湧き上がっては心をパチパチと浮き立たせる。この人が好きだと身体中の細胞が叫んでいた。

オルデリクスも同じ気持ちでいるのだろう。唇を離し、眩しいものを見るように琥珀色の目を細める。

「まるで初心に返る思いだ。おまえとこうしていられることが奇跡のように思えてくる」

「ほんとうですね。とても遠いところから巡り会って……」

「だが、結ばれたからには離すつもりはないぞ。覚悟しておけ」

「オルデリクス様ったら」

ついくすりと笑ってしまい、それを見たオルデリクスも頬をゆるめた。そんな彼に、今度は自分の方からつま先立ちでくちづける。

「ぼくのすべてはあなたのものです」

「ならば、今すぐそれを確かめたい。そして俺のすべてはおまえのものだということを、もう一度おまえに教えたい。二度と、ここにいてもいいのかなどと言わないようにな」

　オルデリクスの眼差しに熱が籠もる。

　それに身も心も溶かされながら、紬は愛する人に身を預けた。


「あっ、ぁ……、オルデリクス、さま……」

　切れ切れの声がこぼれ落ちる。

　どこもかしこもひどく熱くて、蕩けてしまいそうなほど気持ちがいい。腰を抱え直したオルデリクスに戦慄く最奥を深く抉られ、水音がするほどかき混ぜられて、紬はただただ悶えながら逞しい背中に腕を回した。

　身につけていたものをすべて脱ぎ捨て、真上から覆い被さってきたオルデリクスに深々と貫かれている。彼が律動を刻むたびに天蓋のベッドはゆらゆらと揺らめき、波間を泳ぐ小舟のように紬を高みへと押し上げた。

「愛している。ツムギ……」

　熱を帯びた眼差しでオルデリクスが見下ろしてくる。

「ぼく、も…、……愛して、ます……」

そうしている間にも腰を激しく打ちつけられ、いいところを立て続けに抉られて、訳もわからなくなってしまった。強すぎる快楽に身体がふるえ、一突きごとに意識が飛びそうになる。

「あっ、……も、だめ……、だめっ……」

「ツムギ。達くぞ」

低く掠れた声に囁かれ、応えるつもりでオルデリクスに縋った。

細い腰を両側から押さえられ、ガツガツと穿たれて頭の中が真っ白になる。快楽の渦に巻きこまれるまま涙があふれて止まらなくなった。

「はぁっ…、達、く……オルデ、リクス…さまぁ……っ」

「……くっ」

汗と涙でぐちゃぐちゃになりながら、あっという間に高みを極める。

同時に、一番深いところまで捻じこまれた切っ先からドクドクと大量の熱が放たれた。内側を熱いもので濡らされるたび、彼のものになったのだと深いよろこびがこみ上げる。

何度味わっても慣れることがないどころか、二度、三度と放たれるたびに新たな快感さえ拾ってしまう。ビクビクと身体がふるえ、それに合わせて兆《きざ》したままの自身が揺れた。

「出さずに達ったのか」

「あ、んっ」

気づいたオルデリクスに昂ぶりを握られ、熱がどっとぶり返す。

「そんなに良かったか。……だが、そのままでは辛いな」

触れるだけのキスが落とされたかと思うと、ずるりと熱塊が引き抜かれた。

つい今しがたまでの接合で彼を受け入れていた後孔は名残惜しさにひくひくと戦慄く。

足をさらに大きく左右に開かされ、注がれたものがとぷりとあふれた。

「なに……、あ…、んんっ！」

白濁《はくだく》を押し返すように指が挿れられたかと思うと、内側から前立腺を擦り上げられる。

さらにはそそり立つ紬自身を咥えられ、中と外の両方から一気に追い上げられた。

「やぁっ、だ、め……それ、だめ…、ぇ……っ」

感じる場所を執拗に擦られ、じゅるっと音を立てて吸い上げられて、紬は身も世もなく悶えるしかない。達したばかりで敏感になっている自身は、巧みな口淫《こういん》の前にあっという間に陥落した。

「ああっ……出ちゃ、う……あっ…、あっあっあっ……、あ――――」

身体を仰け反らせながら熱い口内に吐精する。

紬が放った欲望の証を、オルデリクスはごくりと音を立てて飲み干した。

絶頂に次ぐ絶頂でもはや恥じらう余裕もない。強すぎる快感に身体中が痺れっぱなしでまるで力が入らなかった。

それでもなんとか顔を見ようと、とろんとした目でオルデリクスを見上げる。

「あぁ。気持ち良さそうな顔をする」

「だって……すご、くて……」

「ならば、もっといいことをしてやろう」

オルデリクスは含み笑うと、一度身体を離し、慣れた様子で獣化した。

「わ…」

体長二メートル半の獅子の重さに、頑丈なベッドもギシリと軋む。彼がこうして獣型になるのは自分がはじめて獣化した時以来だ。

近づいてきたオルデリクスに大きな舌でベロリと首筋を舐め上げられ、ぞくぞくとしたものが背筋を伝うと同時に、まるで感化されるかのように紬もまた獣化した。

——ぼくも？　あ…、もしかして、獣の姿で……？

鼻先で促され、寝転がっていた身体を腹這いに反転させられる。すぐにオルデリクスが後ろから覆い被さってきた。

――あっ。

足の間に熱いものを感じたと思った次の瞬間、彼の屹立が再びぬかるんだ場所に挿ってくる。ぐちゅんと音を立てて押し戻された精液が最奥で波立ち、泡を立てた。

――う、そ……なに、これっ……。

人の時とまるで違う感触に思わず腰を引きそうになる。

けれど首の後ろを甘噛みされ、押さえつけられて、さらに奥深くまで押しこまれた。

人間のものとはまるで違う怒張の表面には傘状の突起があり、それが隘路を押し開きながらあらゆるところに未知の快楽を植えつけていく。突き入れられれば脳がスパークするような快楽を、引き抜かれればぞくぞくするような悦楽を絶え間なく刻みこんできた。

――これが獅子の交尾だ。一晩に二百回……試してみるか？

オルデリクスの誘惑に紬は首をふろうとしたもののそれさえできず、グルル……と喉を鳴らしながら与えられる快感に惑うしかなかった。

気持ち良さに抗えず、獅子の尾がくねくねと揺れる。

一部の隙もないほどオルデリクスに埋め尽くされ、それ以上に心を満たされて、もはや紡げる言葉もない。それはひとつになっている彼も同じだろう。激しい抽挿をくり返しながらもオルデリクスはくり返し名を呼んでくれた。

――ツムギ……愛している……おまえだけだ。

――オルデリクス、さま……ぼく、も……愛しています……。

ずっとずっと、あなただけ。

想いをこめて中にいるオルデリクスをきゅうっと締めつける。

そんな紬の愛を受け、オルデリクスはさらにさらにと奥を目指した。

ふたり分の荒い呼吸が時に重なり、時に追いかけ合うようにして部屋に満ちる。想いのすべてをぶつけるような荒々しい腰使いがたまらない。だから紬も残滓《ざんし》の残る奥を開き、オルデリクスのありったけを受け入れた。

最奥にマーキングされた瞬間、身体中に痺れるような快感が走り、紬自身からどぷっと蜜があふれる。それと同時に腹の奥にも熱い欲望を注ぎこまれた。

獅子として、獅子の彼からもらうはじめてのものだ。そう思ったら無意識のうちに力が入ってしまい、中にいる怒張を食み締めてしまった。

それをおねだりと解釈したのか、背後でオルデリクスがくすりと笑う。

――まだ足りないか。かわいいやつだ。

――えっ。いえ、そうじゃなくて……。

――遠慮をするな。今夜はとことんかわいがってやる。獅子でも、人の姿でもな。

眠る暇など与えないと宣言され、慌てて逃げようとするよりも早く、ズン！　と熱塊を押しこまれて頭の中が真っ白になる。

――――愛しているぞ。ツムギ。

甘やかな囁きとともに、終わらない夜がはじまるのだった。

ローゼンリヒトは新しい未来へ踏み出そうとしている。

第二、第三王子が生まれたり、ゲルヘムから亡命者がやってきたりといろいろなことがあったけれど、身近なうれしいニュースとしてアスランが「お兄ちゃんとしての自分」を受け入れられるようになった。

あれだけ赤ちゃん返りをしたのが嘘のように弟たちのところへ通っては頭を撫でたり、手を握ったり、やさしく話しかけたりと成長の兆しが見えつつある。

双子たちもますます元気に成長し、性格の違いもはっきりしてきた。

エネルギーにあふれたルドルフは、アスランの手遊びに反応して「あー」「うー」とよく笑う。逆さに覗きこまれるのが好きらしく、アスランが手を叩いたり、顔を近づけると、きゃっきゃっと全身を使ってよろこんだ。

反対に、フランツは頭や身体をゆっくり撫でられるのが好きなようだ。お腹をやさしくトントンとしているとすぐにこてんと寝てしまう。くすぐられるのも好きで、ふわーっと花が咲くようにゆっくり笑うので見ているこちらまで笑顔になった。

「フランツ、かわいいねぇ。ルドルフもかわいいねぇ」

ベビーベッドの脇で頬杖をつきながらアスランがうっとりと微笑む。

「アスランにもこんな頃があったんだよ」

「そうなの？」

「そうだよ。母様にも、父様にも。はじめはみんな赤ちゃんだったんだよ」

そう言うと、アスランは見るからに難解そうな顔をした。とても信じられないといったふうだ。紬を見、それからオルデリクスを見、ますます小さな眉間に皺を寄せるのを見ていたら、おかしくなってついつい噴き出してしまった。

「そんなに不思議？」

「だって、とうさま、とってもおおきいから」

「よく食べてよく眠り、よく学び、よく鍛える。そうすればおまえも父のようになる」

「なる！　アシュも、とうさまみたいになる」

鼻息荒く宣言するアスランが頼もしくて、紬はそっとメッシュ混じりの髪を撫でた。

「そうだよね。アスラン、父様みたいに立派な獅子王様になるんだもんね。楽しみだな」

「そして、かあさまみたいなひととけっこんする」

「えっ」

思わずオルデリクスと顔を見合わせる。

「……アスラン。言っておくが、ツムギはやらんぞ」

「オルデリクス様。言い方がおかしいです」

窘める紬と真顔のオルデリクスを見て、アスランが楽しそうに声を立てて笑った。

「もう。せっかくアスランが将来設計を教えてくれたのに」

「計画通りになど進まん。波瀾万丈《はらんばんじょう》な方がおもしろい」

「それはオルデリクス様だけですよ」

そう言うと、今度はオルデリクスがおかしそうに笑った。

「おまえも言うようになった」

「母は強し、ですからね。アスランがオルデリクス様のような素晴らしい王様になって、素敵な人と家庭を築いて、ルドルフとフランツもしあわせになってくれるまで……そしてあなたと一緒にこの国が発展していくのを見届けるまで、ぼくは頑張らなくちゃ」

「それは良い心がけだが、俺とおまえのことも忘れるな」

「え？」

「この国一番のおしどり夫婦を」

オルデリクスが狙い澄ましたように片目を閉じる。不意打ちのウインクに、アスランの前だというのについついきゅんとなってしまった。

「も……、もう、オルデリクス様はっ……」

「ははは。その顔は久しぶりに見たな」

明るい笑い声を立てるオルデリクスと頬を染める紬を、アスランはきょとんとしながら交互に見上げる。けれどすぐに父親につられて彼もかわいい声で笑った。

——ああ、家族だ……。

誰がなんと言おうと、自分たちはもう立派な家族だ。そんなうれしく誇らしい気持ちをもう一度言葉にしたくて、紬はアスランをぎゅっと抱き締めた。

「大好きだよ、アスラン。それに、オルデリクス様も」

「俺はついでか」

「だから張り合わないでくださいってば」

顔を見合わせ、三人で笑い合う。

こうして家族の絆はますます強く、確かなものになっていくのだった。

外交的にも、国はまた一歩新しい未来へ踏み出した。

オルデリクスによって同盟国との協議が行われ、三人の青年たちの亡命が正式に認められたのだ。

ゲルヘムの亡命者を受け入れたいと言うローゼンリヒトに対し、話し合いのテーブルにつくまでアドレアとイシュテヴァルダは懐疑的な様子だったと聞く。それでもオルデリクスが〈龍の鱗〉のことを伝えると、二国の王は目の色を変えた。

ゲルヘムとの陸上戦で幾人もの犠牲者を出したアドレア王は、鱗を両手に包むと祈りを捧げるように目を閉じたそうだ。

ゲルヘムの勢力がまだ及ばない北の果てのイシュテヴァルダ王も、冬の間は海が凍り、国交が閉ざされることに悩んでいたため、その良い打開策になるとよろこんだ。

かくして三国同盟には新たな条項が加えられ、その結果人道支援の観点からゲルヘムの移民を受け入れることに決まった。マヌーンたちだけでなく、他にも移り住みたいものがあればまずはローゼンリヒトで対処する手筈だという。あまりに一足飛びのように見えて、これには紬も驚いてしまった。

長らく敵対関係にあった国だ。そのゲルヘムと新しい関係を築くことにギルニスなどはまだ複雑な顔をしている。軍の関係者も同じだろう。それでも、これにはただの人助けに留まらないオルデリクスの狙いがあった。

龍人たちは水に強い。

その性質を知り尽くしているだけでなく、地下水脈を見つけるのもお手のものだそうで、そうした力を得てオルデリクスはこの国の灌漑《かんがい》設備をより充実させたいと考えているようだった。言わば、相互協力だ。ローゼンリヒトは亡命者を助け、亡命者はローゼンリヒトの発展のために尽力する。新天地のために能力を発揮するならば悪い話ではないだろう。マヌーンたちがいい先例だ。

亡命者を受け入れることについてはゲルヘムにも通達済だ。万が一これを邪魔したり、追撃した際には、同国に駐在しているアドレア軍から報復を行うことがあわせて通告されている。

かつては憎み合うばかりだったローゼンリヒトとゲルヘム。

悔恨《かいこん》の根は深く、すぐに友好関係が築けるとは思わないけれど、それでもこれからは龍人たちの一部も取りこみながらこの国は発展を続けていくのだ。その一部始終を見届けられるとはなんと感慨深いことだろう。

同盟国との交渉結果を言い渡すべく再び謁見の間に集められた三人の若者を前に、紬はしみじみとそれを噛み締める。

彼らが新しい一歩を踏み出すきっかけをくれた。

そしてその機会を得て、オルデリクスは素晴らしい結果につなげてくれた。

「同盟国の正式な承認を得た。己の意思で国を選び、自らの力で生き延びよ。ローゼンリヒトはおまえたちを歓迎する」

「国王陛下……！」

オルデリクスの言葉に、マヌーン、ダダ、ヤトゥの三人は最敬礼で頭を垂れる。

「慈悲深きローゼンリヒト国王陛下。心より感謝申し上げます」

「陛下とローゼンリヒトに神の恵みがありますように」

「助けていただきましたこの命、国のためにお使いいただきたく存じます」

口々に感謝を述べる三人を見回し、オルデリクスは低く言い含めた。

「その言葉、決して忘れるな。国を裏切った時はその命、ないものと思え」

「決してお心に背くようなことはいたしません。国王陛下、王妃陛下の御ために、我らが命を投げ出す覚悟でございます」

「もう。だめですよ、そんなこと言っちゃ」

横から割りこんだ紬に皆が驚いてこちらを見る。

「命は大切にしてくださいって約束したでしょう。せっかく縁あってこの国に来たんですから。ローゼンリヒトは素晴らしい国ですよ。ぼくもすっかり気に入って、今ではここを離れるなんて考えられません」

「王妃陛下……」

「ツムギ」

オルデリクスがその眼差しで雄弁に語りかけてくる。今は人型であるにもかかわらず、獅子の時と同じように彼の言いたいことがよくわかった。

――これからも、たくさんの縁をつないでいきたい。

それがひいてはこの国のため、そして未来の友好国のためになるだろうから。

紬の考えていることも全部伝わったのだろう。頷くオルデリクスと微笑みを交わすと、紬はあらためて壇上からマヌーンたちを見下ろした。

「ローゼンリヒトへようこそ。どうかしあわせに、そしてこの国のために一緒に頑張りましょうね」

「畏れ多いお言葉でございます。必ずやお心に適うよう、身を粉にして……」

「だから、身を粉にしちゃだめですってば。命大事に、ですよ」

紬の指摘にマヌーンは目を丸くし、それを見たギルニスがぷっと噴き出す。やり取りを見守っていたオルデリクスも微笑みながら口添えをしてくれた。

「ツムギの言うとおりだ。俺はおまえたちを奴隷にするつもりはない」

「そのままのあなた方の力を貸してください。アスランの先生として、そして亡命の先駆者として、模範になってあげてください。約束してくれますか」

紬の言葉にマヌーンたち三人は顔を見合わせ、そして誇らしそうに頷いた。

「お約束いたします。この命に……、ではなく――新たにローゼンリヒトの民となった名誉に賭けて」

ある日異世界から迷いこんできた自分。

敵国から命からがら逃げてきた亡命者。

背景も違えば種族も違う。そんな様々なものを受け入れながら、この国は今日も生まれ変わっていく。これから先もどうか恙なく、皆がしあわせでありますように。

「これからが楽しみですね」

「あぁ。ますますにぎやかになりそうだ」

オルデリクスと見つめ合いながら、輝かしい未来に思いを馳せる。

ローゼンリヒトに新しい時代が訪れようとしていた。

番外編

# やんちゃな天使の大冒険

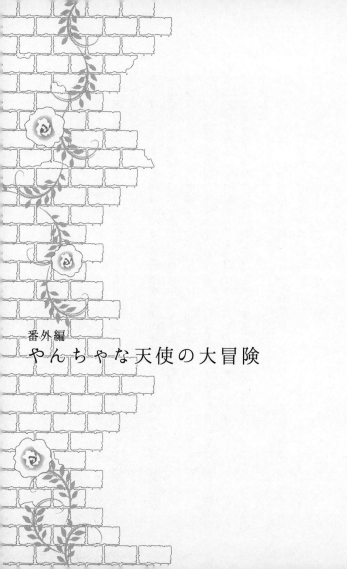

気持ちのいい午後の風がそよそよとカーテンを揺らす。

いつもならあと三十分は夢の世界にいるはずのアスランだが、今日はパチリと目を覚ました。眠る前に読んでもらった絵本がとてもおもしろかったので、気になって気になってしかたなかったのだ。

それは、アスランと同じく小さな男の子が冒険の旅に出るお話だった。腰に剣を差し、道中出会《でくわ》す悪い魔物を退治しながら世界に平和をもたらす勇者だ。

冒険譚にすっかり胸を躍らせたアスランは、乳母のミレーネの「そろそろお休みくださ い」という言葉を三回も延長させた挙げ句、「いい子でお昼寝をなさいませんと、絵本の続きは読みませんよ」と最後通告を受けて渋々《しぶしぶ》言いつけに従った次第だ。

眠るつもりなんてなかったけれど、はしゃぎすぎて疲れた身体は目を閉じて三秒で意識を手放した。

けれどその分、いつも起きる時間より三十分も早くアスランの意識を揺さぶってくる。それぐらい、我慢ができなかったのだ。

「ミレ……？」

さっそく続きを読んでもらおうとキョロキョロと辺りを見回すものの、珍しく部屋には誰もいない。ミレーネも、侍女も、侍従もだ。王族としていつも誰かしら近くにいるのが当たり前だったアスランは、生まれてはじめて体験する「ひとり」という感覚にそわそわと胸を高鳴らせた。

まるで、絵本の勇者にそっくりだ。

彼もこんなふうにドキドキしながら冒険の旅に出ていたっけ。

「アシュ、ゆうしゃに、なろ！」

宣言するや、アスランはベッドから飛び起きる。

うんしょうんしょと苦労して長衣の寝間着を脱ぐと、絹のブラウスとズボンに着替えた。これまでは侍女たちがやってくれていたのだけれど、赤ちゃん返りをきっかけに「いざという時のために、お召し替えはできる限りご自分で」とのミレーネの方針により練習していたのが功《こう》を奏した。

「よし」

勇者の旅支度ができた。いよいよだ。

次に、どこに行こうかと考えて、アスランは城内の探索を思いついた。

母親の紬《つむぎ》とはお城の中を探検する約束をしている。でも、もしかしたらどこかに魔物が潜んでいるかもしれない。大事なかあさまになにかあったら一大事だ。まずはこの目で見て回って、安全かどうかを確かめておかなくては。

「きけんなたびに、なるかも……」

ごくり、と喉が鳴る。胸もドキドキしてきた。

いろんな魔物が出るかもしれない。なにと出会すかは運次第だ。それならば、出会ったものたちのことを書き記しておいた方が後々の役に立つかもしれない。

アスランは引き出しから新しい日記帳を引っ張り出すと、それを「ぼうけんのしょ」に見立て、一ページ目に「アスラン、ぼうけんにでる」と書いた。

王太子たるもの、齢《よわい》三歳にして文字くらい書けるのだ。えっへん。

アスランは「ぼうけんのしょ」とお気に入りの羽根ペン、それから携帯用のインク壺を持って、いよいよ冒険の旅へと踏み出した。

まずは、廊下への脱出だ。ここで見つかっては連れ戻されてしまう。

絵本の主人公も言っていた。勇者というのは時に大胆に、けれど冷静にふるまわなくてはならないと。正面のドアを開けたりすればたちどころに護衛に囲まれてしまう。

「そーっと、そーっと」

そこでアスランは一度隣の控え室に行き、そこからドアを細く開けて抜け出した。

向こうの方に護衛や侍従たちの姿が見える。こんなところから王太子が出てくるなんて思ってもみないだろう。いつ見つかるかというドキドキは、最高のスパイスとなってアスランの冒険心に火を点けた。

目の前に続く長い廊下に大きく息を吸う。見慣れたはずの道も、これから冒険をするのだと思うと違って見えた。

「みちのせかい」

そんなところへ、これから自分は足を踏み入れるのだ。剣の代わりに腰帯に挿した羽根ペンを手で確かめ、アスランは重々しく最初の一歩を踏み出した。

見つからないよう柱まで走っては陰に隠れ、辺りを窺い、安全を確かめては次の柱へ。いつもの自分とは違うのだ。今は細心の注意を払って行かなければならない。

自分に言い聞かせながら慎重に進んでいたその時、向こうからギルニスがやってきた。

「……！」

心臓がドキンと鳴る。固まってしまいそうな四肢をギクシャクと動かして、アスランは慌てて柱の陰に身を隠した。

なるほど、急に魔物に出会した時の勇者はこんな気持ちなのだ。こんなにびっくりするとは思わなかった。それでも、素早く身を隠すことができたのはイメージトレーニングの賜《たまもの》だ。ギルニスはまるで気づかなかったに違いない。

このまま通り過ぎるのを待とうと柱の陰で息を潜める。

けれど、なぜかギルニスはわざとらしくその場で立ち止まった。

「いやー、今日もいい天気だなぁ」

大きく伸びをしたり、そうかと思うと咳払いをしてみたり。チラッとこちらを見たような気がしたけれど、大丈夫、きっと気のせいだ。気づいているなら話しかけてくるはずだから。

「あっ、そうだ」

柱の陰からギルニスを見つめながら、ふと大事なことを思い出した。彼はこの冒険の最初の遭遇者だ。書き記しておかなければ。

アスランは大急ぎで「ぼうけんのしょ」を広げ、ペン先をインクに浸すと、ギルニスについての解説を記しはじめる。その為人は熟知しているので、アスランの独断と偏見《へんけん》による彼の紹介文だ。


〈ギルニス〉

とうさまのそっきん。とうさまと、かあさまのなかよし。

いつもくろいふくをきている。おおきなくちをあけてわらう。

ちからもちで、だっこがじょうず。つよくてかっこいい（とうさまのつぎに）。

あまいものがすきだけど、ないしょにしてる。

このあいだ、ドーナツをつまみぐいしておこられてた。二こもたべてずるい。

くろひょうのてざわりは、つやつやで、きもちいい。

ぼくにもギルみたいなそっきんがいるといいのにな。


書き終わってほくほくと文面を眺めていると、そこへミレーネがやってきた。なにやら慌てた様子でギルニスに声をかけている。

ギルニスが一瞬こちらを見たような気がしたけれど、柱の陰に隠れているから大丈夫と自分に言い聞かせてアスランはドキドキしながらふたりの様子を窺った。

もちろん、「ぼうけんのしょ」の更新も忘れない。


〈ミレーネ〉

アシュのうば。うまれてからずっといっしょにいる。

こわいゆめをみたとき、いっしょにねてくれたから、ミレはやさしい。

よる、トイレにいくときも、ミレがいるからだいじょうぶ。

おこるとすごーくこわいけど。

いっしょにかあさまのおべんとうをたべたとき、すごくうれしそうだった。

またいっしょにピクニックにいきたいな。

ミレのしっぽはふわんふわんの、ほわんほわんで、なでるととってもきもちいい。

やまねこっていいな。


「アスラン様がこちらの方にいらっしゃったのではと思ったのですが……」

不意に、自分の名前が聞こえてきてアスランはドキッとなった。

「いや、見てないな。……でも大丈夫だ。俺に任せとけ」

「どういう意味でしょう?」

「これでも子供のお守りは甥っ子たちで慣れてる。たまには離れて見守るのも必要だってことだ。男には、ロマンってもんがあるからな」

「はぁ」

なにやらよくわからない説得にミレーネは首を捻っていたものの、ギルニスの勢いに押されたのか「では、お部屋でお待ちしております」と言い残して帰っていった。

ふたりのやり取りがどういう意味かはわからないけれど、危機を脱したのだということはわかる。それにしても危ないところだった。もう少しで見つかるところだった。

アスランは「ふー」と袖口で額を拭う。冒険ははじまったばかりだ。まだまだ見つかるわけにはいかない。

「よし」

アスランは勇んでミレーネと逆方向に歩きはじめる。その後ろで含み笑いする声がしたような気もしたけれど、ふり返らずにズンズン進んだ。

そうしていくらも行かないうちに、今度は教育係のジルに出会した。山ほどの革製本を抱え、後ろに続く彼の助手も同じようにして歩いている。

「本というものは重たいものですね」

「知《ち》の集合体ですからね。先人たちが残しておいてくれたおかげで、こうして今を生きる我々が過去を学ぶことができる。ありがたいことです」

そう言いながらジルは立ち止まり、本を抱え直す。

「それを次の代にも大切に伝えていくのがぼくの使命です。アスラン様には立派な王太子になっていただかなくては」

ここでも自分の名前が出てドキッとなった。

ジルは助手と和やかに話しながらそのまま司書室の方に歩いていく。その姿がすっかり見えなくなるまで見送って、アスランは再びペンを取った。

〈ジル〉
アシュのせんせい。やさしくて、おもしろくて、とてもものしり。
でも、れきしのおべんきょうはねむたくなる。
とうさまの、とうさまの、そのまたとうさまの、もっとまえのとうさまのことも
ぜんぶしっておかなくちゃって、ジルはいうけど、むずかしいよー。
あと、おうさまのこころがまえも、おしえてくれる。
おうさまは、いつでも「れいせいちゃく」にしなくちゃいけないんだって。

「あれ？　ちがうかな？　れいせいちゃく…、きん、ちゃく……だったかな？」
むーんと考えてみたもののどれも違うような気がして、そのうち考えるのも疲れてきてアスランはパッと立ち上がった。羽根ペンをもとのとおり腰に挿し、インク壺をポケットにしまうと、「ぼうけんのしょ」を胸に抱いて今度は主塔の階段を下りる。
すると、中庭につながる出入口のあたりでエウロパとリートが立ち話をしていた。

「……なるほど。それで様子を見に」

「はい。なので、ぼくはさりげなくウロウロする役なんです。なにせあのギルニスさんに仰せつかってしまったので……」

「それは逃げられませんねぇ」

エウロパが真っ白な眉を下げて笑う。

リートは「他にも仕事がいっぱいあるんですけど」と身悶えながらも、ギルニスの顔を思い出したのかぶるりと身震いをした。

「ギルニスさん、なんかやけに笑ってて……男のロマンだからってよくわからないことを言ってて……ぼく、今度という今度こそ取って食われちゃうんじゃないかと思いました。

――って、こんなこと言ってるってバレたらそれこそお城の窓から吊るされちゃうんで、絶対に秘密にしてくださいね。ね？」

「ほっほっほっ。もちろんですとも」

エウロパが笑うたびに長い顎髭がもふもふと揺れる。大丈夫だと請け負ってもらってもまだ心配なのか、リートは「はぁ……」と大きなため息をついた。

「それなら、少々気晴らしでも」

エウロパが持っていた包みの中からなにかを取り出し、リートに差し出す。

それを見て、アスランは思わず「あっ」と声を上げそうになった。ドーナツだ。ギルニスがつまみ食いをして侍女に怒られていたのを見たことがある。その時よりは一回りほど小ぶりだけれど。

「わぁ。いいんですか？」

「料理人の方から治療のお礼にいただいたものですよ。治療と言っても、ほんの少し診せていただいただけですが……。なんでも試作品だそうなので、どうぞ遠慮なく」

「やった！　ありがとうございます。……あぁ〜、甘さが染み渡る〜！」

一口囓るなり顔を綻ばせるリートに、エウロパが「ほほほ」と笑う。

あまり一緒にいるところを見たことがないし、おじいさんと孫と呼べるほど歳も離れているけれど、とても気の合うふたりだ。ほのぼのとしたやり取りに見ているとこっちまでうれしくなる。

〈エウロパ〉

おしろのおいしゃさん。とってもやさしい、やぎのおじいちゃん。

ねつをだすと、いつもエウロパがとんでくる。いつもしろいふくをきてる。

とうさまがうまれるまえからおしろにつかえてたっていってたっけ。

ギルがエウロパのことを「さいこさん」っていってた。
おしろの「いきじびき」なんだって。どういういみだろ？
〈リート〉
かあさまのおせわがかり。いつもげんきで、あかるくて、すごくやさしい。
おっちょこちょいで、しょっちゅうおちゃをひっくりかえしたり、こぼしたりしてる。
でも、ぜったいに、かあさまをかなしませることはしない。
かあさまのためにに、いつもぜんりょくでがんばってるから、アシュはだいすき。
リートみたいなおせわがかり、アシュにもいるといいのにな。
リートはギルがにがてで、かおをみると、ぴょん！　ってとびあがる。
いつか、ふわふわうさぎのリートをだっこしたいけど

「……ん？」

生け垣に隠れて文字を綴っていたアスランは、パラパラと降ってきた雨に驚いて顔を上げた。さっきまであんなにいい天気だったのに、いつの間にか空には灰色の分厚い雲が垂れこめている。

にするわけにはいかない。


「ぼうけんのしょが！」

このままでは濡れてしまう。せっかくここまで綴ってきたのに、こんなところで台無しにするわけにはいかない。

アスランは慌てて建物に戻る。

エウロパやリートも雨に驚いたのか、なぜかほっとした表情でついてきた。

アスランはふたりに見つからないよう柱の陰に身を潜め、最後の一文を「いつもにげられる」で締めくくると、今度は弟たちの部屋へ向かった。

魔物というのは弱いものを襲うと決まっている。ましてやあんなにかわいいふたりだ。狙わないわけがない。だから、そんなやつは勇者が退治してやるのだ。

「アシュが、やっつける！」

気合いを入れ直して子供部屋のある階に到着する。

ドアの前に仁王立ちする護衛の目をどうやって逸らそうかと考えていると、なぜか再びギルニスがやってきて、あろうことか護衛たちを連れ出してくれた。まるで、今のうちに中に入れと絶好の機会を作ってくれたようだ。

「ギル、すごい！」

そんなことができるのも、彼が国王の右腕だからだ。

感動したアスランは急いで「ぼうけんのしょ」のギルニスのページを開き、「ゆうしゃのそっきんのさいのうあり」と追記して敬意を表すると、そーっとドアを押し開けた。

ベビーベッドの傍には乳母のマリーナの姿が見える。こちらに背を向けているので表情まではわからないけれど、弟たちの世話をしているようだ。

「ふふふ。ギルニス様のおっしゃるとおりだわ」

彼女はくすくす笑いながら屈んでいた上体を起こし、急に明後日の方を見た。

「おふたりのよだれかけをそろそろ取り替えなくちゃ。どこにしまったかしら。あちらの棚を探さないと……」

そして大きめの独り言を言いながら控えの間に行ってしまう。

いつ彼女がふり返って見つかるかドキドキしながら成り行きを見守っていたアスランは、あっけなくいなくなったマリーナに拍子抜けしてしまった。これではアスランにルドルフとフランツを任せると言っているようなものではないか。もし自分が魔物だったら、ふたりはあっという間に食べられてしまう。

「まもらないと！」

アスランは鼻息荒く決意を言葉にすると、まずは「ぼうけんのしょ」にマリーナのことを書き記した。

〈マリーナ〉

おとうとたちのうば。ふたりがうまれるときに、おしろにきた。ミレのいもうと。
ミレはおこるとこわいけど、マリはおこったところをみたことがない。
いつもにこにこしていて、かあさまも「こころづよいみかた」っていってる。
マリのしっぽはまださわらせてもらったことがないけど、
きっと、ミレとおなじくふわんふわんの、ほわんほわんだとおもう。

それから急いでベビーベッドに駆け寄る。

白いレースのついたベッドの中を覗きこむと、弟たちがいっせいにこちらを見た。

そのあまりの愛らしさにアスランは「うっ」と言葉に詰まる。ふたりが生まれてすぐはかあさまを盗られたような気がして嫌っていたのに、今やもうふたりがいない生活なんて考えられない。

「ふたりとも、かわいいねぇ」

うっとりと呟くと、アスランは守るべき存在としてふたりのことも「ぼうけんのしょ」に綴った。

〈ルドルフ・フランツ〉

アシュのおとうとたち。とってもかわいい、すてきないきもの。

ルドルフはげんきでいっぱいたべる。アシュのゆびもなめたりする。

フランツはかわいくておとなしい。はなちょうちんをだすのがじょうず。

ぜったいに、まものにはわたさない。アシュがまもる。アシュのたからもの。


決意表明を済ませると、アスランは筆記用具を床に置いて弟たちに近寄った。

「ルル」

それは最近発明した、ふたりだけの秘密の呼び名だ。ルドルフがうれしそうに「あー」と声を上げる。

「ルル。アシュだよ。いいこにしてた？」

「あー。あっ、あっ」

「アシュはね、きょうもいっぱいおべんきょうしたよ。おにいちゃんだからね！」

「うー？」

「ルル、しってる？　せかいにはたくさんくにがあるんだよ。ローゼンリヒトいがいにも、いっぱい。アドレアもあるし、イシ…、イシテバル……、イシュー……？　も、あるし。とにかく、いっぱいあるの」

「んー」

「いくつあるか、かぞえてきて、またおしえてあげるね」

「ん！　ん！」

ルドルフが楽しそうに手足をバタつかせる。手を握ってあやしてやると、今度はフランツの頭を撫でた。

「フル」

呼ばれたフランツがふわー…っと笑う。朝の光を受けて蕾が開くような、見るものを引きこむ笑顔は何度見ても見飽きることがない。

「ふふふ、フルはきょうもかわいいねぇ。おはなみたい」

「きゅー」

「あ、おみみでてるね。きれいなきんいろ。とうさまといっしょだね。アシュのもみる？」

「ぷ」

気持ちを整え、アスランも頭上に獣耳を出してみせる。

まだオルデリクスのように完全な獣型にはなれないけれど、人型とのハイブリットならお手のものだ。金色に少しだけ黒のメッシュが混じった獣耳をひょこひょこと動かし、今日の出来栄えを確かめた。

「はやく、とうさまみたいなししになりたいなぁ。かっこいいよねぇ。かあさまも、メロメロだしね」

「あー」

「フルは、とうさまみたいになりたい？　それとも、かあさまみたいになりたい？」

「う？」

「フルは、かあさまかなぁ。だって、とっても、かわいいから」

「きゅ！」

「ルルは、とうさまにだよね。ふふふ。アシュも」

「あっ、あっ」

ルドルフがきゃっきゃっと笑いながらうれしそうに両足をバタバタさせる。昂奮したせいか、彼の頭にも獣耳が生えた。

「わぁ。やっぱりルルもかわいい。ふたりとも、なんでこんなにかわいいんだろうねぇ。たべちゃいたいくらい……って、あ！」

思わずそう言って、アスランは慌てて両手で口を押さえた。まさか、魔物と同じことを考えてしまうなんて。

チラと弟たちを見下ろし、アスランは「うーん」と唸る。

「たべちゃい、た……いく、は、ない。ないよ！　だいじょうぶ！」

断腸の思いで己を戒めていたその時、どこからか紬の声が聞こえてきた。

「かあさま？」

ハッとして顔を上げる。どうやら控えの間にいるマリーナと話をしているようだ。弟たちの様子を見に来たのだと察したアスランは急いでルドルフとフランツをふり返った。

「ルル、フル、いまのおはなしはないしょだよ。できる？　おとこの、やくそくだよ」

「うー？」

「ぷー？」

双子たちは無邪気ににこにこするばかりだ。

「はやく、おみみもしまわないと」

それなのに、こんな時に限ってなかなか引っこまない。それどころか、早く早くと焦るうちに今度は尻尾まで出てしまった。どうしようどうしよう。耳をしまうべきか。尻尾をしまうべきか。どっちもだ。わかってる。でもどっちから？

「わああ」

慌てふためいているうちに、とうとう紬が部屋に入ってきてしまった。

「か、かあさま……！」

「おや、お耳と尻尾が出てる。ふふふ。かわいいね、天使さん」

ぎゅっと抱っこされてしまい、アスランはますますあわあわとなる。

「弟たちと遊んでくれてたの？」

「だ、だいじ、だから」

魔物から守らなければいけないし、食べちゃいたいと思った自分も頑張って封印しなければいけない。

そんな気持ちをこめての答えに紬は一瞬きょとんとした後で、すぐに意図を察したように「そっか」とにっこり笑ってくれた。

「わ…」

そのあたたかい笑顔に胸がほわっとなる。

紬はにこにこと微笑みながらルドルフとフランツを交互に抱き上げ、あやしはじめた。

しばらくそれをぽかんと見守っていたアスランだったが、我に返って床に置きっぱなしだった筆記用具を手に取る。今のうちに「ぼうけんのしょ」の更新だ。

アスランはさりげなくサイドボードの後ろに隠れると、日記帳を開いた。

〈ツムギ〉

アシュのかあさま。にんげんだったけど、じゅうじんになった。

とってもやさしくて、あったかくて、かわいくて、びじんで、とうさまがメロメロ。

おりょうりがじょうずだし、おはながにあう。

かあさまがわらうと、とってもとってもしあわせなきもちになる。

かあさまに「ぎゅうぎゅうだっこ」してもらうのがすき。

これは、アシュだけのとっけん！

だからアシュも、ときどきかあさまに「いいこいいこ」してあげる。

いつか、かあさまみたいなおよめさんとけっこんするんだ。


またしても決意表明になってしまった。それでも、これだけは譲れない。

満足して顔を上げたところで、今度はオルデリクスがやってきた。アスランは大慌てで「ぼうけんのしょ」をベッドの下に隠す。これは大切な機密文書だ。勇者だけが読むことのできるものなのだ。簡単に見つかってはいけない。

そんなアスランをよそに、フランツを抱いた紬は子守歌を歌いながら伴侶を迎えた。

「オルデリクス様。会議はよろしいんですか」

「終わらせてきた」

「そんなこと言って。無理矢理終わらせたんでしょう」

苦笑する紬に、オルデリクスも「お見通しか」と笑う。

オルデリクスは部屋を横切ってやってくると、ルドルフとフランツの額にくちづけた。

それから思いついたようにアスランの額にもキスしてくれる。

「子守をしてくれていたのか。偉いな」

「アスランは、ルドルフとフランツをあやすのがとっても上手なんですよ。ね、アスラン」

「え、えと…、うふふ……えへへ……」

大好きなふたりに褒められて、アスランは天にも昇るような心地だ。それが心の外にもあふれ出て獣耳がぴくぴくと動いた。

「もう、かわいいんだから」

紬に獣耳にキスをされ、あまりのうれしさに尻尾が、ピン！　と一直線に伸びる。

「ははは。そうか。うれしいか」

それを見たオルデリクスにも笑われる。恥ずかしくなってベッドの下に隠れたアスランは、そこで「ぼうけんのしょ」の続きを書くことにした。

〈オルデリクス〉

アシュのとうさま。ローゼンリヒトのししおうさま。とてもつよくてかっこいい！
かあさまがくるまでは、いつもおこってて、でもかなしそうで、さみしそうだった。
でもいまは、わらったり、おはなししたり、だっこしたりしてくれる。
さいきん、かあさまに「こどもとはりあわないでください」っていわれてる。
どういういみなんだろ？　でも、いわれたとうさまはなんだかうれしそうだ。
ますますかあさまにメロメロで、しょっちゅう「ちゅっ」ってしてるのしってるよ。
とうさまみたいなひとを「あいさいか」っていうんだって、ギルがいってた。
かあさまをだいじにするひとのことなんだって。
だから、アシュは、とうさまみたいになるんだ。

こうなると、将来の目標がオルデリクスそのものだ。強くて格好いい愛妻家、それこそ勇者というものだろう。
「ぼうけんのしょ」を手にベッドの下から這い出ると、両親がしあわせそうに見つめ合っているところだった。心なしか紬の頬がほんのり赤い。

「かあさま、かわいいね」

「えっ」

「なにっ」

なにげない一言に真逆の反応をするふたりを見て、アスランは思わず笑ってしまった。

ふたりはほんとうに仲がいい。それなのに、時々全然違うからおもしろい。

明るい声を立てて笑う兄につられ、ルドルフは全身をバタバタと動かして、フランツは両手をバンザイの格好にして、弟たちもきゃっきゃっとよろこぶ。それを見た紬もとうとう噴き出し、最後にはオルデリクスも一緒になって笑った。

そうしてひとしきり笑った後で、ちゃんと釘を刺すのも忘れない。

「いいか、アスラン。ツムギはやらん」

「オルデリクス様」

「だいじょうぶだよ。アシュも、とうさまみたいな、あいさいかになるから！」

「え？　アスラン？」

「どこで覚えてきたんだ、そんな言葉」

目を丸くするふたりを交互に見ながら、アスランは後ろ手にした「ぼうけんのしょ」をぎゅっと握った。

――はやく、おとなになりたいな。

それまでにたくさん冒険をして経験値を積まなければ。勇者というのは大変なのだ。

アスランは新たな決意とともに、えっへん！　と胸を張るのだった。

# あとがき

こんにちは。宮本《みやもと》れんです。

『金獅子王と運命の花嫁2 ～やんちゃな天使、お兄ちゃんになる～』お手に取ってくださりありがとうございました。

このお話は『金獅子王と運命の花嫁 ～やんちゃな天使と林檎のスープ～』の続編です。こうして二作目を文庫にしていただくことができたのも、一作目を応援してくださった読者様のおかげです。デビューから二十冊目という節目のタイミングで続編の夢を叶えることができて本当にうれしいです。どうもありがとうございます！

オルデリクスと紬《つむぎ》の間に待望の赤ちゃんが生まれ、アスランもお兄ちゃんとして成長し、ローゼンリヒトはますます賑やかになっていきます。お喋りするようになったルドルフや歩けるようになったフランツと、アスランはどんなことをするのかな。弟たちのガーディアンとして大活躍しちゃうかな。またそんなお話が書けたらと願うばかりです。

本作にお力をお貸しくださった方々に御礼を申し上げます。

鈴倉温《すずくらはる》先生。前作に続き、最高にかわいいイラストをどうもありがとうございました。カバーのパパママ&アスラン&双子ちゃん、あまりのかわいらしさに感激しました。

担当Y様。今回もまた大変お世話になりました。はじめての続編、貴重な経験をさせていただきました。今後ともどうぞよろしくお願いいたします。

最後までおつき合いくださりありがとうございました。異世界での子育てもふもふ物語、楽しんでいただけましたでしょうか。ぜひご感想を聞かせてくださいね。

最後に、今回もまたちょっとしたSSを入れておきます。

それではまた、どこかでお目にかかれますように。

二〇二一年「ぼうけんのしょ」の続きに思いを馳《は》せながら

宮本れん

# やんちゃな天使はいつもモテモテ

「ふたりとも、かわいいねぇ」

ベビーベッドを覗きこんでいたアスランがうっとりと呟く。

オルデリクスそっくりの表情に噴き出しつつ、紬は息子のやわらかな髪を撫でた。

「アスランはやさしい、いいお兄ちゃんだね」

そう言った途端、アスランは右に小首を倒す。

「アシュ、いいおにいちゃん？」

「うん。母様の自慢の、すごーくいいお兄ちゃんだよ。こうして毎日弟たちに会いに来てくれるもんね。母様にも」

「ん！」

「ルドルフやフランツとこれからも仲良くしてくれたら母様うれしいな。できるかな？」

「できるよ！　アシュ、できる！」

アスランがこくこくと力強く頷く。

「ありがとう。いい子のアスランには『ぎゅうぎゅう抱っこ』だ！」

「きゃー！」

歓声を上げたアスランを後ろからぎゅうっと抱き締めると、彼は「くるしいよー！」と笑いながらジタバタと暴れた。

そんなアスランの薔薇色の頬に音を立ててキスをする。

「アスラン、だーいすき」

「とうさまより？」

「父様と同じぐらい好き」

「えー。アシュが、だんとつじゃないのー」

「ふふふ。アスランは父様にも母様にもモテモテだよ。それに、ルドルフもフランツも、お兄ちゃんのこと大好きーって思ってるよ」

「そ…、そっかな」

照れてもじもじとし出したアスランの背中をやさしく撫でると、彼は思いきったように弟たちに向かってそれぞれ左右の手を伸ばした。

「いっぱいあそぼうね。いろんなこと、おしえてあげる」

その途端、双子たちは応えるようにアスランの指をきゅっと握り締める。びっくりして目を丸くしながらふり返ったアスランのつむじに、紬は笑いながらキスを落とした。

「ほらね。モテモテのアスランくん。これからもよろしくね」

「ん！　ん！」

自信に満ちた元気な返事が返ってくる。

それを微笑ましく見下ろしながら、紬はしみじみとしあわせを噛み締めるのだった。

おわり

セシル文庫をお買い上げいただき、ありがとうございます。
この本を読んでのご意見・ご感想・ファンレターをお待ちしております。

☆あて先☆
〒154-0002 東京都世田谷区下馬6-15-4
コスミック出版 セシル編集部
「宮本れん先生」「鈴倉 温先生」または「感想」「お問い合わせ」係
→EメールでもOK ! cecil@cosmicpub.jp

セシル文庫

# 金獅子王《きんじしおう》と運命《うんめい》の花嫁《はなよめ》2 ～やんちゃな天使《てんし》、お兄《にい》ちゃんになる～

2021年12月1日 初版発行

【著者】 宮本《みやもと》れん
【発行人】 杉原葉子
【発行】 株式会社コスミック出版
〒154-0002 東京都世田谷区下馬 6-15-4
【お問い合わせ】 -営業部- TEL 03(5432)7084 FAX 03(5432)7088
-編集部- TEL 03(5432)7086 FAX 03(5432)7090
【ホームページ】 http://www.cosmicpub.com/
【振替口座】 00110-8-611382
【印刷/製本】 中央精版印刷株式会社

乱丁・落丁本は、小社へ直接お送り下さい。郵送料小社負担にてお取り替え致します。
定価はカバーに表示してあります。


ISBN978-4-7747-6337-8 C0193

セシル文庫